季先生

困倚
危楼

AUTHOR
KUNYIWEILOU

陕西新华出版传媒集团
三 秦 出 版 社

图书在版编目（CIP）数据

季先生 / 困倚危楼著. — 西安 : 三秦出版社,
2021.4
ISBN 978-7-5518-2386-9

Ⅰ. ①季… Ⅱ. ①困… Ⅲ. ①长篇小说－中国－当代
Ⅳ. ①I247.5

中国版本图书馆CIP数据核字(2021)第061764号

季先生

困倚危楼 著

责任编辑 韩 星
责任校对 赵 炜 范晓博
特约策划 紫 总
装帧设计 啁 啁 青临
封面绘图 eno

出版发行 陕西新华出版传媒集团 三秦出版社
社　　址 西安市雁塔区曲江新区登高路1388号
电　　话 （029）81205236
邮政编码 710061
印　　刷 北京盛通印刷股份有限公司
开　　本 880mm×1250mm 1/32
印　　张 7
字　　数 200千字
版　　次 2021年4月第1版
2021年4月第1次印刷
印　　数 1-40000
标准书号 ISBN978-7-5518-2386-9
定　　价 39.80元

网　　址 http://www.sqcbs.cn

目录

CONTENTS

目录

CONTENTS

第一章

“周扬明天回国。”

听到这句话的时候，沈默正跪在地上，使劲擦拭地板上的一块污迹。

他一双膝盖在冰凉的大理石地板上跪得发疼，而周扬这个名字就像一柄生了锈的钝刀子，猛然捅进他的心窝里，刹那间鲜血四溅，有种灵魂出窍的错觉。

接着沈默被一阵剧痛扯回现实。

季明轩抓住他的头发，强迫他抬起头来，问：“怎么？只是听见他的名字就沉不住气了？”

沈默垂着眼睛，慢慢摇了摇头。

季明轩的目光漫不经心地从沈默身上扫过，仿佛已经看穿了一切，却又懒得揭穿他，只是居高临下地看着他，说：“别擦地板了，早点休息吧。”

沈默闷闷地应了声好。他这一晚频频走神，只在沙发上看了会儿电视，就起身回了房间。

沈默收拾完东西，走进洗手间漱口时，发觉镜子里的自己真是陌生。他头发长了很多，刘海几乎要遮住眼睛了，脸色更是苍白得吓人。

他拧开水龙头，听水声哗哗地响起来。

周扬……

他跟周扬的故事，似乎已经是上辈子的事了。

沈默漱口漱到一半，听见外面传来关门声，走出洗手间一看，季明轩果然已经走了。想必是他又出门另找乐子了。

沈默自我检讨了一下，也觉得自己太不应该，竟然敢在跟季先生说话时心不在焉。好在季明轩从来不缺聊得来的玩伴，沈默只小小内疚了一下，就心安理得地上床睡觉了。

他睡眠向来好，常常是一夜无梦，这晚却破天荒地做了个梦。

他梦到高中时期的学生宿舍，逼仄狭小，高低铺上凌乱地放着书本和习题集。天色已接近黄昏，半间屋子铺满了霞光，余下的则笼在幽微的昏暗中。

他跟周扬坐在一起画画，画板上是这落日的景色……

然后沈默就醒了。

梦里不知身是客。

沈默睡得半张脸都麻了，用手使劲搓了几下才恢复知觉。他洗漱后下楼吃早饭，发现季明轩早已衣冠楚楚地坐在餐桌旁看报纸了。

沈默抬头看了看时间："季先生今天不用去公司？"

季明轩瞥他一眼，视线又落回报纸上。"我今天要去机场接机。"

沈默呆了一瞬。

接谁？周扬？

季明轩知道他误会了，失笑道："安安也是今天回国。"

沈默这才真正清醒过来。

季安安是季明轩的宝贝妹妹，周扬的青梅竹马，周季两家一直竭力撮合两人，三年前更是送两人一起出国留学了。

如今周扬回国，季安安当然形影不离。

沈默给自己倒了杯水，却听季明轩接着说道："你也一起去。"

沈默差点打翻水杯："季先生……"

季明轩仍旧头也不抬，只是缓缓转动左手无名指上的银白色戒圈，问："有意见？"

沈默低头看了看自己的手，最后说：“没有。”

季明轩这才满意地点点头，道：“吃东西吧。”

沈默食不知味。

九点整出发去机场，沈默为了弥补昨晚的怠慢，主动取过大衣给季明轩穿上。白天的季明轩比夜里更为英俊，往前走了几步后，忽然转回身来，朝沈默招了招手。

沈默一时没明白他的意思：“季先生……”

季明轩嘴角微翘，声线格外温和：“沈默，你是不是叫错了？”

沈默终于记起了自己的身份。他走过去站在季明轩身边，改口道：“明轩。”

“嗯。”季明轩靠近他，在他耳边道，“别忘了我们是什么关系。”

沈默从善如流，立刻回答了他的问题。

他顿了顿，又在心里加一句，假的。

演戏从来不是沈默的强项，若是换成季明轩认识的那些小明星，应当能配合得更好。

可惜偏偏是他沈默。

想到季明轩不得不纡尊降贵地跟他在一起，沈默实在觉得过意不去。

到机场时时间还早，季明轩抽空打了三通电话，发了两封邮件，然后那巨大的“铁鸟”才降落下来。

沈默曾经憧憬过跟周扬一起离开，直到后来才知道，任何自由都要付出代价。所以他现在跟季明轩站在一处，看着周扬和季安安远远走过来，好一对璧人。

季安安比周扬小两岁，正是青春逼人的年纪，穿一件粉色的斗篷大衣，戴一顶小小的贝雷帽，小鸟一般扑进季明轩怀里。

“大哥！”

季明轩拍拍她背，问：“在外面过得怎么样？”

“样样都好，只是没有大哥。”

季明轩听得笑起来：“一年四五趟飞过去看你。”

季安安道：“一年三百六十五天，只四五趟怎么够？”

季明轩哈哈大笑。

沈默在旁边看他们兄妹团聚，忽然眼前的阳光被一道高大身影挡住了。

沈默转过头，终于看到了周扬。几年不见，周扬比印象中更高了些，鼻梁上依旧架着无框眼镜，斯文又稳重。

两人目光相遇，并不像电视里演得那么荡气回肠，沈默一句“好久不见”卡在喉咙里，正犹豫该不该说，季明轩已抢先介绍道：“这是沈默。”

又指着周扬道：“周扬，我妹妹的男朋友。”

男朋友三个字自然是种提醒。

沈默只得伸出手去，说：“周先生你好。”

周扬没有同他握手，只是看着他道：“真巧，我跟沈先生是高中同学，沈先生不记得了吗？”

若是以前的沈默，肯定要尴尬得无地自容了。但他跟在季明轩身边几年，唯一的进步就是练厚了脸皮，笑一笑说：“不好意思，我记性比较差。”

他们寒暄太久，季安安开始喊饿了。

季明轩立刻转回去哄她：“午饭想吃什么？”

“海鲜。”

季明轩向来是千依百顺的好哥哥，这时却说：“海鲜不行，改天我再单独请你吃吧。”

“为什么？”

季明轩一只手搭上沈默的肩膀，说：“这家伙海鲜过敏。”

周扬的眼神变了变，没有说话。

季安安虽然是一副大小姐脾气，然而并不娇纵，摆了摆手道：“那就吃别的吧。”

一边说一边悄悄打量沈默。

季明轩不动声色，一路走在沈默前面。

他们最后去了季明轩常去的一家西餐厅，地方不大，但是情调不错。

席间季安安说得最多，从英国的天气一直聊到了她的韩国同学，周扬一贯的安静，而季明轩则是最忙的一个，既要听季安安说话，又要照顾沈默。沈默不习惯吃西餐，季明轩便帮他切了一份牛排，末了还说："下次去吃你喜欢的烤鸭。"

连季安安都语气发酸，说："大哥你对沈大哥这么好，我可要吃醋了。"

季明轩没说话，只笑着冲沈默眨眨眼睛。

沈默受宠若惊。

幸好，他是有自知之明的。

人人都知道季先生脾气不好，只对自家人和颜悦色，如今他是沾了季安安的光，方得他温和相待。

一直沉默不语的周扬忽然开口道："沈先生喜欢吃烤鸭？"

沈默道："我确实更偏爱中餐。"

周扬深深看他一眼，说："我跟你同班三年，从来不知道你对海鲜过敏。"

"症状不是很严重，可能周先生没注意到吧。"

季安安心无城府，看不出两人间暗潮汹涌，插嘴道："你们既然是同班同学，怎么说话还这么客气？"

周扬扯了扯嘴角："我跟沈先生不是很熟。"

说完低下头继续吃东西。

他从前就不爱说话，沈默正相反，一件小事也能说上半天。有次两人吵架，周扬冲他吼："沈默，沈默，你就不能人如其名吗？"

后来跟在季明轩身边，沈默果然变得安静了。

因为知道说得再多，也没人会听。

沈默稍微走了一下神，冷不丁听见季明轩问："你们打算什么时候结婚？”

季安安的脸一下就红了：“哥……”

“难不成要谈一辈子恋爱？就算我同意，周家的二老也不会同意的。”

“我们才刚回国，还有一堆事要忙呢。我跟周扬商量过了，等他事业稳定下来，我们再考虑别的。”

季明轩取笑道：“不怕男朋友跟别人跑了？”

“不怕，周扬可不是那种三心二意的人。”季安安说着，用胳膊撞了撞周扬，笑容十足甜蜜，“是不是？”

周扬没说是也没说不是，只是用眼睛瞧着沈默。

沈默如坐针毡，站起来道：“我去一下洗手间。”

中午吃饭的人不多，洗手间里也一样冷清。沈默用冷水洗了把脸，觉得应当能控制住自己的情绪了，抬头一看，却见季明轩也映在镜中。

“季先生。”

季明轩双手抱着胳膊，意味深长地笑笑，说：“你今天见到安安了，觉得她怎么样？”

沈默不敢不答，老老实实道：“季小姐天真可爱，很讨人喜欢。”

“那个傻丫头，从小就喜欢周扬。”季明轩眼底难得现出一点温情，道，“我不管周扬是爱画画还是爱自由，反正既然安安喜欢他，他就只能是季安安的人，懂了吗？”

季明轩语气淡淡，跟平常谈生意时的口吻并无不同，但沈默是清楚他的手段的。他要是敢说一个不字，明天就连骨头也找不着了。他从牙齿缝里挤出几个字：“我明白，我不会再跟周扬扯上关系的……”

“很好。”季明轩给了一棍子，又赏他一个甜枣，放柔声音道，“你只要乖乖配合，那就什么事情也没有了。”

说罢，季明轩低声笑起来，对着门外道：“周扬，你听够了没有？”

沈默听到这个名字，想要回头去看，却被季明轩牢牢按住了肩膀。过了一会儿，门口响起周扬的声音："你们出来太久了，安安不大放心，让我过来看看。"

"哦，没事，沈默身体有些不舒服。"

"要不要上医院？"

"不用，我让司机先送他回家就行了。"

周扬突然直呼他的名字："季明轩——"

季明轩笑笑："你跟着安安叫我大哥就行了，反正要不了多久，我们就是一家人了。"

他吐字清晰，特意将"一家人"三个字念得很重。

周扬安静了片刻，接着就响起了离去的脚步声。

沈默听那脚步声越来越远，觉得全身的力气都随之而去了。季明轩一松开手，他就跌坐在了洗手台边。

季明轩没有管他，只是不紧不慢地摘下手上的戒指，开了水龙头洗手。沈默忍不住问："季先生刚才是故意的？"

季明轩专心洗手，反问道："你说呢？"

沈默便知道答案了。

季明轩一双手生得十分好看，洗完手重新戴上戒指时，瞥了沈默一眼，道："信不信周扬很快就会跟我妹妹订婚了？"

沈默点点头："信。"

他看向自己的左手，慢吞吞道："季先生想做的事，没有哪一样是做不到的。"

季明轩眯了眯眼睛，看不出是喜是怒，转身道："走吧。"

他喝了酒不能开车，因此叫司机送沈默回了别墅。沈默的身体并无不适，但应付了季明轩这么久，确实有种说不出的疲倦感，一进房间就倒头睡下了。

这一觉睡得很熟，醒来时已是晚上十点多了。沈默没吃晚饭，打算去楼下弄点吃的，没想到一进厨房就撞见了季安安。

两个人都有些尴尬，最后还是季安安先开口道："沈大哥。"

沈默含糊地应了一声，问："你也没吃晚饭？"

"吃过了，不过现在又饿了，想找找看有没有夜宵。"

"我正打算煮面，不如一起吃吧。"

季安安看似娇生惯养，却并不挑食，连声说好。沈默正好从柜子里翻出半把挂面，便烧了水一起下锅煮了。季安安在旁边打打下手，顺便跟他闲聊几句。

"沈大哥的身体好点了吗？"

"嗯，只是有点累，现在没事了。不好意思，害你没吃到海鲜。"

"没关系，大哥说了会补偿我的。"

"你们晚饭没有一起吃吗？"

季安安微微羞涩，道："我是去周家吃的晚饭，好久没见到周伯伯周伯母了。"

沈默"哦"了一声，说："听说你们两家是世交，周家二老想必很喜欢你。"

"周家和季家确实有不少生意上的来往，我跟周扬从小一起长大，不过他这个人闷得很，什么事情都要我主动，直到后来去了国外……"季安安抿了抿嘴唇，自言自语道，"听说彼此都是初恋的话，感情会更加稳固，不知道是不是真的？"

煮面的水开了，沈默一开锅盖，热气就扑面而来。他使劲眨了眨眼睛，轻声说："……那是当然的。"

季安安毕竟年纪还轻，有些不好意思，转开话题道："都过十点了，大哥怎么还不回来？"

沈默往锅里加了两个鸡蛋，道："他晚上应酬比较多。"

"沈大哥的脾气真好。"季安安好奇道，"你跟我哥是怎么认识的？"

沈默没想到季安安会问这个，手被热水烫了一下，连忙又缩回来。

他迟迟没有回答这个问题。

久到季安安都觉得奇怪了，他才望一眼窗外黑沉沉的夜色，平静道："季先生……救过我的命。"

若没有季明轩，他或许已经死了，或许是比死了更加不堪。沈默无以为报，同时也是无家可归，只好在季明轩的别墅里住了下来。

季先生今晚又是夜不归宿。

沈默临睡前认真反省了一会儿，觉得确实该改变一下自己说话的态度了。

他很少做噩梦，偶尔梦到了，必定是重复同一幕场景。他独自站在寂静的黑暗中，急着打一通电话，电话号码是一直刻在心尖上的，熟得不能再熟。

但是打不通。

以前通过多少电话，偏偏是这一天，他怎么也打不通了。拨了无数次，对方一直都是关机。

沈默怕得不行，拨号码的手指微微发抖，黑暗中蓦地伸出一只手，死死抓住了他的脚踝……

沈默是被早上的闹钟吵醒的。他睁眼看了一下时间，想起今天是周一，应当去公司上班了。他的工作也是季明轩安排的，在季氏下面的一家小公司，负责资料整理这一块。工作很清闲，每天无所事事，基本上就是混日子的状态。

同事都说沈默脾气好，随遇而安，让干什么干什么。有时分配他一些乱七八糟的杂活，他也都一一完成了。这天午休时，部门经理又来找他，让他帮忙画一张宣传图。

沈默摇摇头，说："我不会画。"

"你大学不是学美术的吗？"

沈默只是说：“我真的不会。”

经理也不勉强，点点头走了。

到了下午的时候，沈默就在茶水间听到了关于自己的传言。

“看不出来，那个沈默还挺傲的。”

“你不知道吗？人家可是有后台的。”

“他走的是谁的关系？”

“就是那一位……”

“季先生？不可能吧……”

沈默左耳进右耳出，只当没有听见。他回到办公室后，拿了支笔在纸上画起来，但是右手抖得厉害，像那一天他拼命拨那通电话时一样，画出来的线条歪歪扭扭，完全不成样子。

他盯着这张纸看了很久，然后揉成一团扔进了纸篓里。

沈默有三年没画过画了。

他家庭条件不佳，读大学时勤工俭学，在广场上给人画肖像。有时一坐半天也没有生意，周扬便跑过来给他当模特，那真是最快活的一段时光。

后来他跑了好几家医院，医生都说他右手的伤已经痊愈，对日常生活并无影响，他没办法再拿画笔，应该是心理障碍所致。

沈默就没再继续治疗了。反正他跟在季明轩身边后，不用再靠画画吃饭，以前的一切都成回忆，通通忘了才更好。

下班后沈默走路回家。刚走出公司大门，手机就响了起来，他正想看看是谁打来的，忽然听见有人叫他：“沈默！”

沈默回头一看，见一辆黑色汽车缓缓停在路边，车窗摇下一半，周扬坐在驾驶座上，对他说：“上车。”

他还是老样子，说话简洁明了，一句废话也不肯多说。沈默却不再是从前的沈默了，他站在原地没动。

周扬道：“请你吃顿晚饭而已。”

沈默问："季小姐呢？"

周扬皱了皱眉，道："跟她有什么关系？"

"只有我们两个人单独吃饭，恐怕不太合适。"

"就算我们绝交了，总还是高中同学吧，难道不能一起吃顿饭吗？"正是夕阳西下的时候，霞光把周扬的侧脸勾勒得格外俊秀，他看着沈默道，"小默，上车。"

沈默想起从前的许多个黄昏，他坐在教室的角落里，一遍遍在纸上画周扬的脸。他闭了闭眼睛，终于拉开车门坐了上去。

沈默没料到周扬会请他吃海鲜。面对那一桌子菜，他实在无从下筷。周扬也没动筷子，问："你真的对海鲜过敏？"

"吃过后身上会起疹子，不过不是很严重。"

"你以前怎么不说？"

沈默笑笑。

他以前是为了不扫周扬的兴。

周扬要了菜单重新点菜，自嘲道："季明轩竟知道得比我多。"

沈默心想这是理所当然的，季先生在跟他接触之前，早派人将他的底细查得一清二楚。他是典型的完美主义者，就算演戏也要面面俱到。

新点的菜还没上桌，周扬倒了杯茶给沈默，问："你这几年过得怎么样？"

整整三年，多少个日日夜夜，沈默只用两个字做了概括："不错。"

"我以为你会从事画画相关的工作。"

"现在这样更好，工作清闲工资又高。"

"季明轩呢？我听说他脾气不太好，你跟在他身边，会不会受气？"

沈默扯动嘴角，道："季……明轩这样的身份，难免会惹上一些传言。不过传闻就只是传闻而已，他对我怎么样，你昨天也亲眼看到了。"

提到昨天的事，周扬的脸色变得有些难看。

沈默假装没看见，喝了一口茶道：“你呢？从国外回来，怎么好像变瘦了？”

“异国他乡，单是食物就比不上这里了。有一回生病，家人朋友都在千里之外，真是叫天天不应、叫地地不灵，多亏了有安安照顾我……”

沈默真心道：“你跟季小姐确实是天生一对。”

周扬没有作声，隔了一会儿，倏然握住沈默的手，道：“沈默，你是不是还欠我一个解释？”

“什么？”

“当初为什么跟我绝交？”

“为什么？”沈默将这三个字重复一遍，想了想道，“我也记不清了，大概是性格不合吧。”

“我们从高中时就认识了，这么多年的感情，怎么可能性格不合？”

“性格也包括很多方面，譬如……身为周家的独子，你父母会同意你跟我交朋友吗？会同意你跟我一起学画画吗？”

这句话正戳中周扬的软肋。

他表情僵了僵，道：“我父母都是老派的人，确实不会接受我学美术，不过我说过了，我会想办法说服他们的。”

沈默慢慢拨开周扬握着自己的那只手。“你所谓的办法，就是跟季小姐一起出国？”

“……果然是因为这个。”周扬叹了口气，道，“是，我当初为了让父母安心，接受他们的安排去了国外。不过我当时跟安安一点关系也没有，而且我一下飞机，就立刻买了机票回来找你。结果呢？你却对我避而不见，过了大半个月，才打来电话跟我提绝交。”

“我以为你是气我去了国外，现在回想起来……”周扬冷笑一下，说，“你该不会那个时候就已认识季明轩了吧？”

沈默懵了一瞬。

仿佛突然发生地震，脚下地动山摇，耳边轰鸣阵阵。只是一转眼，一切又恢复如常，他仍旧坐在餐厅里，美食美酒，鸟语花香。

但他已受了重伤。

五脏六腑统统移位，搅得心肝肺都疼起来。

沈默张了张嘴，连说话的力气也无。

所以他没有说，周扬回来找他时，他正躺在医院的加护病房里。就像他没有说，三年前的那一天，他曾经害怕又绝望地给周扬打过无数个电话，而彼时周扬正坐在万米高的飞机上，跟季安安在一起。

这一顿饭又是不欢而散。

沈默没让周扬送他，自己走路回去。到家时已快八点了，几间屋子的灯都暗着，显然季先生跟季小姐都未回家。沈默这几天格外疲倦，径直回自己房间睡觉了。他进了门刚要开灯，忽听黑暗中响起一声咳嗽。

沈默吓一跳，旋即听出这是谁的声音，道："季先生？你这么早就回来了？"

又说："你怎么没有开灯？"

边说边去找电灯开关，却听季明轩道："不必开灯了，你先过来吧。"

沈默的双眼逐渐适应黑暗，隐约看见季明轩独自坐在窗边，窗外是这个城市绚烂的夜景。他摸索着走过去，半路上不知被什么绊了一跤，差点摔在地上。

季明轩适时伸手扶他一把。

沈默道了声谢，鼻间闻到淡淡的烟草味。他抬起头问："季先生吃过晚饭了吗？"

季明轩"唔"了一声，说："本来想找你一起吃饭的，不过你最近好像忙得很。"

沈默这才想起下班时接到过一个电话，当时他正好被周扬叫住了，没来得及看是谁打来的。

“不好意思，我……”沈默不擅长说谎，想了半天也想不出个借口来。

季明轩早已猜到一切，松开手道：“聪明人知道吃一堑长一智，而笨的人总会掉进同一个坑里。沈默，你说你是不是笨得无可救药了？”

沈默小心翼翼道：“我笨一点没关系，只要季先生够聪明就行了。”

不知是不是这句话取悦了季明轩，沈默听见一阵低笑声。

“你晚上跟周扬一起吃饭了？”

“是，”沈默连忙表决心，“不过我以后不会再跟他单独见面了，他和季小姐才是天生一对。”

“你明白就好。”

季明轩仍是笑笑，因着夜色模糊，叫人捉摸不透他脸上的表情。他的手指轻轻拂过沈默的发梢，然后说：“时间不早了，你早点睡吧。”

第二章

沈默第二天早上起来照镜子，发现嘴角破了一个口子，应当是昨晚不小心弄伤的。他叹了口气，洗漱过后，带着嘴角的伤下了楼。

远远就听见饭厅里传来季安安的笑声。季家兄妹相谈甚欢，沈默走过去同他们打了声招呼，季安安抬头道："沈大哥……"

话才说到一半，视线就落在了他的嘴唇上。

"咦？沈大哥，你的嘴怎么啦？"

沈默坐下来道："没事，昨天不小心磕了一下。"

"怎么磕能磕成这样？看起来像是……"

"安安，"季明轩用手指敲了敲桌面，道，"吃东西。"

季安安看一眼季明轩，又看一眼沈默，笑说："是是是，我吃早饭，你们聊吧。"

季明轩并不搭理沈默，沈默也没什么好说的，两个人都只埋头吃东西，最后还是靠季安安活跃气氛，说她今天要去面试一份工作。

季明轩道："何必自己出去找工作，来公司帮我不是更好？"

"我又不是沈大哥，才不想跟大哥你朝夕相对呢。"

正说着话，季安安的手机响起来。她侧过身去接电话，连声音里都渗着甜味："是，我已经吃好了。嗯，这就出门。"

季明轩道："看来是你想朝夕相对的那个人来接你了。"

季安安并不否认，只说了一句"你们慢慢吃"，就匆匆忙忙出了门。

沈默仿佛听到汽车发动的声音。他想起从前跟周扬一起画画时，也是这么迫不及待地想跟那个人见面。然后他回过神，发现季明轩正似笑非笑地望着他。

“季先生……”沈默有点做贼心虚。

季明轩“嗯”了一声，伸出手来捏住他的下巴，仔细看了看他的脸，问：“嘴唇上的伤还疼吗？”

沈默连忙说：“不疼。”

季明轩便弯起嘴角，故意用手指碰了碰他的伤口。

沈默只觉微微刺痛，抗议道：“季先生……”

季明轩义正严词：“给你消毒。”

沈默呆了一下，只好说：“谢谢。”

季明轩笑如春风，起身道：“该去上班了，我送你。”

沈默跟在季明轩身边三年，始终摸不透他的脾气，有时候上一秒还谈笑风生，下一秒就翻脸无情了，总之就是阴阳怪气、喜怒无常，唯有乖乖听话才是最好的应对方式。

所以沈默坐季明轩的车去了公司。

他嘴上的伤引来不少好奇目光，不过大家都是文明人，至少没有当着他的面说闲话。

几天后沈默的伤口痊愈，而季安安也顺利找到了工作。这天恰逢周末，季明轩照旧有事要忙，季安安跑来敲了敲沈默的房门，问：“沈大哥，你今天下午有空吗？”

“有，什么事？”

“再过几天就是周扬生日了，我想给他挑个礼物，你能不能陪我一起去？”

沈默这才想起周扬的生日是在冬天，他尽量不去回忆往事，竟然真的忘记许多。他犹豫着如何婉拒才好，季安安已接着道：“年年买礼物都要想破头，正好沈大哥你跟周扬是老同学，应该能帮我参谋参谋。”

沈默苦笑道：“我跟周扬不是很熟。”

“没关系，帮我提东西也好。”

沈默最不会拒绝人，被季安安软磨硬泡，最后还是跟她一起出了门。

季安安直奔常去的百货公司，沈默当免费劳力，第一次知道陪女人买东西这么麻烦。光是在男装柜台就折腾大半天，沈默帮忙试衣服试到手都酸了。之后季安安又看中一款袖扣，在两个款式间举棋不定，还是沈默替她拿主意，干脆两款都买了。

季安安想了想说：“也好，另一款正好可以送大哥。”

她买到礼物心满意足，看看时间也不早了，就提议去附近的餐厅吃饭。“是大哥推荐的一家店，据说那里的招牌菜不错。”

沈默早已精疲力竭，只想坐下来歇一歇，当然没有意见。

那家店离得不远，两人步行过去，进了店才知道需要预约。季安安只好报上季明轩的名字。偏偏有这样巧的事，这时又有新客人进来，沈默一抬头就看到季明轩。

季安安十分惊喜，道：“大哥也来这里吃饭？”

季明轩怔了怔，问：“你们两个怎么在这里？”

季安安扯住沈默的胳膊，道：“大哥你天天忙工作，我只好让沈大哥陪我了。”

又说：“我们俩没订位子。”

季明轩摸摸她头发，笑说：“放心，不会让你饿肚子的。”

接着转头问他身旁的人：“不介意一起吃饭吧？”

他身旁这人名叫赵奕，是个样貌不错的小明星，近来似乎人气蹿升，频频在各类活动中出镜。沈默看过他演的几部电视剧，只觉真人比电视上更具魅力。

赵奕微微一笑，气度好到无可挑剔：“当然没问题。”

季明轩早已订好了位子，包厢还算宽敞，坐四个人绰绰有余。

赵奕落座后，望一眼季安安和沈默，道："季先生不给我做一下介绍吗？"

季明轩指了指季安安，道："我妹妹。"

却并不介绍沈默。

"原来是季小姐。"赵奕迟迟等不到下文，只好自己猜测，"这位是季小姐的男朋友吗？"

季安安噗嗤一声笑出来。

"错了，"季明轩低头翻看菜单，慢条斯理道，"点菜吧。"

季安安和沈默都是第一次来这家餐厅，赵奕便做主点了几个菜，一面又询问两人的口味："这家的招牌菜是一定要点的……季小姐能吃辣吗？"

很是八面玲珑。

沈默望尘莫及，只在一旁喝茶。

这家店上菜速度挺快，菜的味道也不错，尤其是那道招牌的烤乳猪，烤得金黄金黄的，外焦里嫩、肥而不腻，季安安吃得赞不绝口。她听说赵奕是明星后，倒是起了好奇心，忍不住打听一些娱乐八卦。

赵奕也是能说会道，一件无聊至极的小事，也能描述得生动有趣，把季安安逗得笑个不停。

还是趁他们聊天的间隙，季明轩才问一句："安安，今天逛街逛得怎么样？"

季安安道："多亏了有沈大哥帮我，已经买到送周扬的礼物了。"

季明轩瞥了沈默一眼，说："原来是给周扬买礼物。"

季安安忙取出先前买的那款袖扣，道："也给大哥你买了。"

又特别加一句："这个是沈大哥选的。"

沈默正想澄清，季明轩已经一声不响地拆了包装，直接把袖扣戴上了。

赵奕捧场道："沈先生的眼光真不错。"

季明轩笑笑，说："马马虎虎。"

这一顿饭吃得还算尽兴。

期间季安安去了一趟洗手间，季明轩出去接一通电话，包厢里只剩下沈默和赵奕两个人。

赵奕道："是今天的菜不合胃口吗？沈先生好像吃得很少。"

"没有，我本来饭量就小。"

赵奕往自己杯中倒了点水，突然问："沈先生是住在锦绣山庄那套房子里吗？"

锦绣山庄在H市的黄金地段，房价高得吓死人，沈默没多少积蓄，当然买不起那边的房子，何况他从三年前起，就一直住在季明轩的别墅里。这事没什么好隐瞒的，沈默如实道："不是。"

赵奕顿时微笑起来。他相貌本就生得好，这么一笑之下，更觉满室生辉。

沈默奇怪道："赵先生怎么突然问这个？"

"没事，"赵奕眨一下眼睛，说，"是我认错人了。"

赵奕点到即止，没再多说下去。

沈默过了一会儿才回味过来，敢情季明轩在锦绣山庄也有一套房子，而那里……应当住着某个重要人物？

包厢里的暖气打得太足，沈默觉得有些气闷。

恰好季安安从洗手间回来，季明轩也打完了电话，顺便把账结了，道："时间不早了，我们先走吧。"

停车场离得有些远。

夜里凉风阵阵，站在路边等司机开车过来时，沈默被风吹得耳朵都红了。季明轩正好站他旁边，就将自己的围巾解下来，围在路沈默脖子上。

沈默别扭了一下："季先生。"

季明轩若无其事，问他："什么事？"

"……没什么。"

沈默看了看站在不远处的赵奕，实在不明白季明轩是怎么想的。难道是生活缺乏刺激，想找点乐子，看他和赵奕打一架？沈默掂量了一下自己的实力，觉得他打架似乎还行。

他正考虑跟赵奕打起来时该先出哪只拳头，就听季明轩问："周扬的生日是哪一天？"

沈默的一颗心都提起来，条件反射似的答："我不记得了。"

季明轩点点头，又问："你自己的生日？"

这个沈默当然答得上来，谁知答完后季明轩接着问："我的生日呢？"

沈默张口结舌。

他做梦也想不到季明轩竟然会这样考他。季先生随口就能报出他的生辰，他却没有这么好的记性。

夜色迷离，季明轩侧过身望牢他，黑眸里倒映着这个城市最动人的夜景。

沈默手心里快要渗出汗来。

季明轩忽而一笑，说："就知道你记不住。"

这时司机已经开了车过来，季明轩替季安安开了车门，道："路上小心。"

"大哥不跟我们一起回去吗？"

"我还要送一下赵奕。"

待沈默坐进车里后，季明轩"砰"一声关上车门，对司机比了个手势。汽车缓缓发动，沈默坐在后座上，透过后视镜看着季明轩的身影一点点变小。

他路上赶紧补功课，旁敲侧击地向季安安问起季明轩的生日。

季安安道："大哥的生日最好记了，就是立春那一天。怎么？沈大哥这么早就开始准备礼物了？"

沈默笑了笑，心想，他有的季明轩都有，他没有的季明轩也有，还能送些什么？

他当晚是想着这个问题入睡的，结果到了第二天晚上，季明轩也没有回来。倒是赵奕上了娱乐新闻，有记者蹲守在他家楼下，拍了一张模糊不清的照片。

新闻的标题起得很吸引眼球，但是并没有多少实质性内容，只在网上掀起了一轮粉黑骂战。

沈默则苦思冥想送季明轩什么礼物好。他牺牲睡眠时间，在网上搜索各种送礼大全，正全神贯注时，手机铃声响了起来。

沈默随手接起来一听，电话那头传来熟悉的声音：“沈默，是我。”

沈默自然认得出周扬的声音。他手忙脚乱关了网页，手机在手中握了好一会儿，才问：“你怎么知道我的号码？”

“是安安告诉我的。”

“哦……”沈默差点忘了还有季安安，“这么晚了，找我有事吗？”

周扬犹豫了一下，说：“我听到一些传闻……是关于季明轩的……”

“是明轩跟那个赵奕的事吗？我也听说了，不过一切只是误会。”

“我知道的恐怕比你更多一些。”

“恭喜，你可以把消息卖给八卦小报了。”

周扬安静了片刻，说：“沈默，能不能出来跟我见个面？”

“我说过不会再单独见你了。”

“如果你现在过得很好，我当然不会再来打扰你。但事实并非如此，我听安安说，你是为了报恩才会跟在季明轩身边。”

沈默有点后悔跟季安安说那么多了。不过他演戏演出了心得，想也不想就说：“明轩确实救过我一次，但这件事只是我们相识的契机，后来……相处久了我才发现，季先生真的很好，否则，我怎么可能在他别墅里住三年这么久？”

沈默说到最后，简直连自己都要相信了。

但周扬仍旧说："我想见你一面。"

"见了面又能如何？"

"我……"周扬的声音透过电话传过来，低沉得有些不真切，"我可以带你走。我们像从前约好的那样，四处旅行，一起画画。"

沈默猛地抓牢手机。

三年前的他每一天都在等这句话。只要周扬肯说出口，就算天涯海角他都会跟着走。

但是他始终没有等到。

今时不同往日。周扬有太多的责任太多的顾虑，他亦是一样。

"你是周家的独子，你父母不会同意的。"

"就算他们不同意也无所谓，我没有进我父亲的公司，我打算自己创业。"

"那么季小姐呢？"

"安安……我会跟她说清楚的。"

沈默默不作声。

"小默，"周扬又用从前的称呼叫他，"还记得我们第一次去写生的地方吗？是天河公园。那时候我们还在念高中，下雪天傻乎乎地跑去看梅花，结果坐公交车还坐过站了……"

沈默当然记得。

他还记得自己当时有多开心，一路上说了数不清的话。真是不可思议，竟然有一个人，跟他有着一样的梦想。

而如今周扬正在他耳边说："小默，我明天在老地方等你。我们……重新开始吧。"

沈默一下清醒过来，道："我明天还要上班。"

说完就挂断了电话。

过一会儿铃声又响起来，沈默见是周扬的名字，干脆关机睡觉了。

这夜季明轩依旧没有回来。

沈默第二天请了假没去上班。他也没去赴周扬的约，只是留在家里大扫除。家政每周会过来一次，平常并不需要沈默干活，他只有心情不好时才会做这个。

专注于某件事时，很容易忘记烦恼。

天气是越来越冷了，阴沉沉的像是快要下雪。沈默看了看一直关机的手机，将家里的每一扇窗都擦了一遍。他想起第一次跟周扬去写生，也是差不多的天气。他站在刺骨的寒风中等待周扬，冷得直跺脚，但是心中只觉得雀跃。

时光一旦过去就永不回头。

这世上或者有许多人可以重新开始。

但，绝不会是他和周扬。

这一天过得格外漫长。好不容易熬到天黑，就在沈默专心擦拭地板上的一块污迹时，门铃声响了起来。他扔下抹布跑去开门，门一开，竟是季明轩站在外面。

“季先生？你没带钥匙吗？”

季明轩没说话，一手撑在门上，眯起眼睛看着沈默。

沈默上前一步，闻到一股扑鼻的酒味。

“季先生今天喝酒了？”

季明轩说：“一点点。”

季明轩酒量很好，有时候出去交际应酬，客户都喝趴下了，他依然神采奕奕，回到家来还能处理文件。沈默跟在他身边三年，就没见他喝醉过，因此并没放在心上，转回身去继续擦地板。

谁知季明轩进了客厅，手扶着墙壁慢慢滑下来，最后竟坐在了地上。

沈默吃了一惊，连忙过去扶他。这时才发现他一只手套不见了，左脚不知是不是踩到了水潭里，连鞋子都湿透了。认识这么久，他从来没见过季明轩如此狼狈的样子。

沈默将人扶到沙发上坐下，问："季先生是喝醉了吗？"

季明轩抬了抬头，仍是盯着他看，像是在仔细辨认他的面容。

沈默便知道他醉得不轻了。

"我去泡杯蜂蜜水吧。"

喝醉了的季明轩比平常脾气更好，既不吵也不闹，只安安静静坐在沙发上。等沈默倒了水回来，他就着沈默的手喝了一口水，低声问："……沈默？"

醉得连人都不认得了。

沈默无奈，却还是耐着性子答："季先生，是我。"

季明轩又问："你怎么在这里？"

沈默被他问得好不尴尬，说："季先生忘了吗？我一直住在这里。"

季明轩"嗯"了一声，不知为何竟笑了起来。他本就相貌英俊，微笑时更是连眼神也是勾人，柔声说："沈默，你再靠近一些。"

沈默从未见过这样温柔的季明轩，不由自主地往前凑了凑。

季明轩又是一笑。

就在沈默毫无防备时，他忽然扯住沈默的胳膊，用微微低哑的嗓音道："抓到你了。"

仿佛猎手终于捕获了等待已久的猎物。

第二天早上醒来时，窗外的天色亮得出奇。

沈默照顾了醉酒的季明轩一夜，感觉身上的骨头像是被打散了一遍，隐隐地泛着疼。季明轩熟睡未醒，卧室的窗帘没拉上，沈默勉强坐起身往窗外一望，只看见白茫茫一片。

原来昨夜下雪了。

地上一片狼藉。沈默不知季安安什么时候回来，急着去收拾房间，却听身旁的季明轩道："再睡一会儿。"

沈默回过头，见晨光正洒在季明轩脸上。"季先生醒了？"

季明轩半阖着眸子，说："嗯。"

"季先生昨天喝醉了。"

季明轩没作声，只是抬手揉了揉额角。沈默知道很多人清醒后会忘记喝醉时的事，他摸不准季明轩是不是这个情况，不过时间倒是不早了。

"季先生，我上班快迟到了。"

季明轩懒懒地说："那就再请一天假。"

沈默怔了一下，问："季先生怎么知道我昨天请假了？"

季明轩睁开眼来看他一眼，反问："你忘记自己是在哪家公司上班了？"

沈默当然知道他上班的公司是季氏名下的，但难道一个小员工请假也会报告给老板吗?

季明轩伸出手道："手机给我，我帮你打电话请假。"

沈默的手机就放在客厅的茶几上，他忙取了过来。季明轩拿在手里看了看，道："关机了。"

沈默这才想起他一直忘了开机。他不能说是为了周扬，只能解释道："可能是这几天太忙了。"

季明轩没有多问，随手开了机。

手机一开，立刻响起一串短信提示音。

季明轩笑着睨他一眼，说："有人给你发了一堆短信。"

沈默知道那是谁发的，却说："应该是骚扰短信。"

"要看一下吗？"

沈默的心一跳，听见自己的声音说："……都删了吧。"

"你确定要删？"

“嗯。”

季明轩意味不明地笑笑，说：“将来可别后悔。”

沈默道：“不会。”

季明轩便当着他面删了短信。

沈默静静坐在旁边，仿佛看到许多回忆从眼前呼啸而过。或许他真正怀念的并非周扬，而是那些太过美好的年少时光。

不过已经过去三年之久，任谁也该往前看了。

季明轩用手机给沈默的上司打了个电话请假，接着又给自己的助理拨了个电话，说是今天上午不去公司了。然后把手机一扔，朝沈默招了招手道：“再睡一会儿。”

这样下雪的天气，窝在家里睡觉真是再惬意不过了。

既然季先生都发话了，沈默就难得偷一下懒，重新坐回了沙发上。

客厅里的暖气开得很足，季明轩盖上被子，很快就睡着了。沈默应当有许多心事的，但不知为什么，竟也靠在沙发边睡了过去。

再次醒来时已快中午了。

沈默起身收拾了一下客厅，穿好衣服后回头一看，见季明轩竟还在熟睡。

“季先生，该吃午饭了。”

“季先生？”

沈默叫了几遍季明轩也没反应，他伸出手推了推，触到季明轩手腕时，只觉烫得吓人。

沈默大吃一惊，连忙又探了探他的额头，果然也是滚烫一片。

他这才知道季明轩是生病了，继续睡在沙发上自然不妥，他费了些力气才把人弄进房间。季明轩迷迷糊糊地上了床，一倒头又睡下了。

沈默怕他饿着，去厨房煮了一锅白粥，盛好后端进房里，叫了季明轩起来吃东西。

季明轩精神不济，不过还是把粥吃了。

沈默悄悄观察他的脸色，道：“季先生好像生病了。”

季明轩不甚在意地说：“只是有点累而已。”

“是发烧了。”沈默道，“要不要去医院看看？”

季明轩一听医院两字就皱起眉头，想也不想地说：“不用。”

“那我找医生过来？”

“一点小病而已，不必麻烦了。”

“可是……”

“别吵。”季明轩躺回床上，干脆拉高被子蒙住了脸，“我睡一觉就好了。”

沈默有些哭笑不得。

他没想到季先生这样的人，生了病竟然不肯看医生。

他回想起昨夜的事情，多少有点良心不安，怀疑是不是他没照顾好季明轩才会生病的。他翻箱倒柜找出退烧药来喂季明轩吃下了，又尽心守在床边照顾。

季明轩高烧不退，睡得不太安稳，睡梦中忽然叫了一声：“沈默。”

沈默忙扑过去握住他手，道：“季先生，我在。”

季明轩没再出声，只是紧皱的眉头稍稍舒展一些。他掌心亦是灼热，沈默刚想松开手，就被他反手握住了。

沈默挣了两下没有挣开，只好让他握着。

时间过得飞快。

直到漫天霞光从窗外映进来，沈默才发现自己竟然这么坐了一个下午。

季明轩的病情还算稳定，但家里的药已经吃完了。沈默趁天还没黑，赶紧换了身衣服出去买药。路上的积雪化了大半，但走路仍旧不方便，正好季明轩的司机还没下班，沈默就坐了车出门。

路上司机老张跟他聊起季明轩喝醉的事：“季先生前天晚上去见了一个

人，昨天一整天都心情不好，后来更是喝得烂醉，连路都走不稳了。”

“季先生的鞋子都湿了，是不是摔了一跤？”

老张可不敢说季明轩的坏话，打了个哈哈道：“季先生本来要去锦绣山庄的，可是昨晚雪下得那么大，季先生又醉得厉害，我怕路上出事，还是送他回家了。季先生没有生气吧？”

沈默听到锦绣山庄四个字，不由得怔了怔。

老张又问一遍：“沈先生，季先生有没有生气？”

沈默“哦”了一声，说：“没有。”

他想起季明轩昨晚回来，隔了好久才认出他。

他下意识地看了看自己的手，心想，原来如此。

第三章

老张开起车来又快又稳，不多时就到了药店门口。沈默下车买了药，坐回车上后，觉得胃部隐隐作痛。他过了一会儿才想起，自己下午只顾着照顾季明轩，连午饭也忘了吃。

回到家时天都黑了。沈默随便吃了点东西，又给季明轩重新煮了粥，和新买的药一起喂他吃下了。

因为没去看过医生，沈默始终提着一颗心，整个晚上都守在季明轩床边，隔半小时就给他量一次体温。

好在热度总算降了下来。

到了后半夜，沈默实在坚持不住，靠在床边睡了一觉。

他刚睡着就开始做梦。梦见大雪初霁，路上白茫茫一片，所有人都在低头赶路。地上积雪未化，有些地方还结了冰，走起路来相当费劲。

但有人在沈默身边跟他一起走。

沈默非但不觉得辛苦，反而说不出的开心，边走边跟那人说话。

“今天在公司又被同事排挤了。”

“其实我还是更喜欢画画。”

都是他平日绝不会说的真心话，奇怪的是身旁的人一直没有出声。

沈默转头道：“周扬，你怎么不说话？”

那人顿住脚步，说：“我不是周扬。”

沈默定睛一看，只见那人长身玉立、相貌英俊，却是季明轩。

“季先生……”

季明轩冷笑一声，甩开了他的手。沈默像是突然不会走路了，一下扑倒在冰凉的雪地上。

他的心一悸，猛地惊醒过来，听见季明轩的声音说：“你怎么睡个觉也能滚到地上去？”

说着开了床头的壁灯。

沈默还陷在刚才的梦境中，怔怔看了他一会儿，才醒悟到自己是从床上滚下来了。他一点点从地上爬起来，表情仍有些茫然。

季明轩掀开被子道：“过来。”

沈默带着一身寒气钻进被子里。他不困了，有点睡不着了，问：“季先生是被我吵醒的？”

“睡了一整天，本来也睡够了。”

“季先生的身体好点了吗？”

季明轩说：“已经好了。”

沈默伸手摸了摸他的额头，只觉得一片热，也分不出有没有退烧，想了想道：“最好还是去一下医院。”

季明轩立刻露出厌恶的表情，说：“不去。”

沈默没想到他这么讨厌医院。他记起三年前自己住院的时候，季明轩好似来医院看过他。

后来他伤愈出院，大概有半年的时间，每天都过得浑浑噩噩。有时候只是坐在窗口看车来车往，一天也就过去了。他几乎没有多少那段时间的记忆，只记得自己因为交不起房租被赶了出来，是季明轩将他带回别墅，之后又给他安排工作，让他的生活重回正轨。

那半年里究竟发生过什么事？为什么他会毫无记忆？

沈默怎么也想不起来，不知不觉又睡了过去。

季明轩的病来得快去得也快，到了第二天就已经退了烧，可以坐在床上处理公司的事了。季安安一直没有回来，沈默干脆多请了一天假陪他。

季明轩也不客气，尽情使唤沈默干这干那，午饭前竟还报出一串菜名来。幸好沈默厨艺不差，挑着做了几道菜，勉强让季先生满意了。

下午沈默出门采购，回来后发现自己的几件衣服和一些洗漱用品全都跑去季明轩房里了。

沈默提起这事的时候，季明轩正用笔记本电脑发一封邮件，头也不抬地说："你这几天不是要照顾我吗？搬过来才更方便。"

"我以为季先生的病已经好了。"

季明轩适时咳嗽一声，说："还没痊愈。"

沈默只好问："季小姐什么时候回来？"

"安安出去旅行了，要下周才回来。"

"季小姐一个人去的？"

季明轩扯动嘴角，抬起头来看了沈默一眼，说："你觉得可能吗？"

沈默立刻明白了："她是跟周扬一起去的？"

季明轩点点头，又说："是12号那天走的。"

12号就是下雪的那一天。

周扬说想跟他见个面，在第一次写生的地方等他，但沈默没去赴约。周扬等不到他，转头就跟季安安走了。

如果他去了会怎么样？

沈默望了望窗外明晃晃的阳光，没让自己再想下去。

季明轩又在家里休息了两天才去公司。沈默也重新回去上班，继续他混日子的生活。同事依然对他不友好，日复一日没什么变化。

唯一的改变就是季明轩。

他从前除了忙工作，还有各种应酬，常常三更半夜才回家，夜不归宿也是家常便饭。这段时间却像变了个人，天天按时上下班，晚饭也是回家吃，每天下午就已把菜单发到沈默手机上。

连司机老张也说："季先生总算是收心了，晚上不必开车出去，不知轻松多少。"

沈默道："那你岂不是少了加班费？"

老张倒也看得开，说："情愿多点时间陪老婆孩子。"

季明轩却不知为什么修身养性。

他性格反复无常，沈默不敢随意乱猜，若是不小心猜错了，岂非太过尴尬？

过完这个星期后，季安安终于回来了。

她去了太平洋上的某岛国，著名的度假胜地，回来时皮肤晒得微红，穿当季的时髦套装，眼波温柔得如同海水。

季安安一进门就取出买给沈默的礼物，笑说："可惜周扬家中出了点事，要急着赶回来，否则还可多买一些。"

"已经够多了。"沈默问，"那边好玩么？"

"当然。海水实在是蓝，我们白天乘小艇出海，到傍晚时才回来，晚上就手牵着手在沙滩上散步，月光下的沙滩比白天更迷人……真想一直留在那里。"

季明轩道："不过出去一趟，心都玩野了。"

季安安转回身抱住他的胳膊，道："多谢大哥送我机票，下次你跟沈大哥一起去玩吧。"

沈默抬头望向季明轩，问："是季先生安排你们去旅行的？"

两人视线相遇，季明轩从从容容道："是我。"

季安安道："那天大哥拿出机票，真是吓我一跳，时间这么赶，连东西也来不及收拾。"

"这样才是惊喜。"

"不过确实玩得开心，而且周扬……"季安安蓦地脸红一下，停下来看着季明轩道，"大哥，我有话跟你讲。"

沈默相当识趣，立刻说："我去准备晚餐。"

说完就进了厨房，留他们兄妹俩在客厅说话。

已经是吃晚饭的时间了，窗外飘进来饭菜的香气。食材都是现成的，沈默从冰箱里取了几棵菜出来洗。

他想到12号那天，周扬约了他在老地方见面，也正是同一天，季明轩给季安安准备了飞机票。

难道只是巧合？

如果他那天去赴约了会怎么样？

可能又扑一个空，一个人在大雪中等到天黑。

是水太凉了，沈默的手抖了一下，冷得钻心刺骨。他连忙关了水，听见季明轩从外面走进来，问他道："要不要我帮忙？"

沈默说："不用不用，很快就好了。季小姐是不是饿了？"

"没有，她玩得太累，先回房间休息了。"

季明轩说完后并不离开，只是靠在门边上看着沈默忙碌。沈默洗完菜后又削了几个土豆，切土豆的时候就在想，是做成红烧的还是咖喱的？

刚想问一问季明轩，就听季明轩开口道："安安刚才跟我说，周扬向她求婚了。"

沈默一刀切下去，刀口有点斜，把土豆块切得太大了。

啊，他想，那只能做咖喱味了。

他低着头，继续一刀一刀的切土豆。

季明轩深深看他一眼，道："安安已经答应了。"

"那多好。"沈默满脑子都想着一会儿怎么做咖喱土豆，机械似的说，"恋爱谈久了总是要结婚的。"

季明轩站在门边看了他片刻，然后转身走了。

吃晚饭时沈默举杯向季安安道贺，又问到婚期是什么时候。

季安安只喝了一点饮料，但是一张脸却红了，说："没有这么快结婚，不过大哥说应当先订婚。”

“这件事我会跟周家的长辈商量。”季明轩拍了拍沈默的手，道，“以后周扬跟我们就是一家人了。”

沈默不知道自己何德何能，竟也能算在那个我们里。

季安安吃了一口菜，取笑道：“沈大哥今天可失手了，咖喱土豆做得太咸了。”

沈默也尝了一口。

真是咸，咸得都带出苦味来了。但他还是咽了下去，平静道：“我下次做成红烧的。”

晚上沈默又忘了要搬回自己房间的事，仍旧住在季明轩的屋子里。他以为自己会睡不着的，没想到一夜好眠。第二天还睡过头了，醒来时季明轩已经去了公司。

他跳起来洗漱一番，匆匆忙忙赶去上班，结果还是迟到了一点。不过也没人管他，同事们只是瞥了他一眼，又接着聊起八卦来。

“现在的有钱人幺蛾子就是多，动不动就在外面养小情人。”

“嘘，你是怕别人听不见么？”

“养情人还是好的，最可笑的是弄出私生子来，听说那个周家……”

“哪个周家？”

“就是那个有名的……”

“哦，我听说周家只有一个独子啊。”

“现在不是啦，前不久从外头领了一个私生子回来，已经二十来岁了，现在人人喊他二少。”

“这么大的私生子？那岂不是还要抢起家产来？”

“这倒未必，若是周家和季家联姻……”

后面的声音渐渐低下去，沈默再也听不清了，不过这只言片语，已经足够令他惊讶。说到H市鼎鼎有名的周家，除了周扬家不做他想。但私生子是怎么回事？难道周扬还有个弟弟？

这事实在不算什么秘密，沈默甚至不用四处打听，只是跟季安安聊天时套了几句话，季安安就全都说了出来。

“的确有这么个人，是周伯父年轻时的旧情人生的，只比周扬小了两岁，前不久已经认祖归宗了。”

“我昨天回来时见过他一面，长得一脸轻浮相，很会花言巧语，周伯父倒是挺喜欢他，还安排了他进公司做事。也是为了这个缘故，周伯母才急着打电话叫周扬回来。”

“原本周伯父和周伯母相敬如宾，不知多少人羡慕，谁知竟会出这种事。”季安安叹一口气，但旋即又笑起来，“不过我跟周扬不一样，我们俩是青梅竹马，这么多年的感情，谁也比不过的。”

沈默觉得胸口发闷，又跟季安安聊了几句，就回房间休息了。隔一会儿季明轩忙完了公事，也进到屋里来。

关了灯之后，沈默在一片黑暗中说：“这样对季小姐不公平。”

“什么？”

“她以为她跟周扬是真心相爱的。”

季明轩说：“难道不是吗？”

沈默静了一下，道：“12号那天，周扬原本约了我见面。”

季明轩“嗯”了一声，丝毫也不惊讶。

沈默的心怦怦直跳，他早就怀疑季明轩知道这件事，但是到了此时此刻才得到确认。

那两张飞机票……果然是故意的吗？

“就算约了你见面又怎么样？他最后还是选了安安。”

“那是因为季先生使了手段。”

季明轩轻哼一声：“你以为是我威胁了周扬？错了，我可没有这么大的本事。我不过是提前告诉他一个消息，让他知道他父亲在外面还有一个私生子。他并非周家唯一的继承人，他的任何举动，都可能影响到他在周家的地位。我把所有的利害关系摆在周扬面前，然后……”

季明轩笑了笑，说：“是他自己做出了决定。”

周扬会做出哪种选择，沈默三年前就已经知道了，如今不过是再重复一遍而已。他的一颗心早已麻木，只是在为季安安担心。

“如此得来的，只不过是虚假的爱情。”

“如今只有中学生才谈情说爱，成年人讲究的是利益，你知道周季两家联姻，能带来多少好处吗？至于爱情……”虽是在黑暗中，但沈默想象得出，季明轩定是露出了不屑一顾的表情，“不管喜不喜欢，先把人绑住了再说，反正日子过久了总会有感情的。”

“若一直没有感情呢？”

“那样，”季明轩仿佛笑了一下，低声道，“一辈子也已经过去了。”

简直就是自欺欺人。

当然沈默也知道，多数商业联姻都是如此的。

他也不知道自己哪里来的胆子，竟敢这样同季先生说话。就算季明轩的爱情观跟他天差地远，那又有什么关系？他何必针锋相对，非要跟季明轩争个对错？

是没必要。

更是没资格。

既然说服不了季明轩，沈默只好不再去想这件事，很快就沉沉入睡了。

他第二天又起晚了，紧赶慢赶才没迟到。同事们依然在办公室里聊八卦，私生子一事在周家掀起轩然大波，但是在其他人眼里也不过是无聊时的谈资罢了。过了一夜，话题又已翻过一轮，兴致勃勃地聊起娱乐圈的事。

“就是那个赵奕，最近刚红起来的那个，人人都说他是有后台的。”

“在娱乐圈混的人，哪个没有靠山？”

“但他相貌确实好，且又会做人，从前一直默默无闻的，近来真是时来运转，部部戏当主演。”

“是眼光好，找对了靠山。”

说完一众人都笑起来。

沈默觉得有点热，起身开了一扇窗透气。

晚上回到家发现季安安在生闷气，一问才知道季明轩原本答应了陪她吃饭，结果临时又有应酬。

“一年到头都在应酬，也不知道能一起吃几顿饭。沈大哥你怎么受得了？”

沈默能怎么答？只得说：“习惯了。”

接着问：“怎么不找周扬陪你吃饭？”

“周扬正为了家里的事焦头烂额呢。”季安安叹了口气，道，“不过没关系，大哥说很快就能解决了。”

对季明轩真是全心全意的信赖。

沈默张了张嘴，终究什么也没有说。或许季明轩说得对，周扬跟季安安各取所需，这样也能过完一辈子。

沈默原本以为季明轩跟从前一样，应酬着应酬着就睡外面了，不料到了晚上十点多，他还是回家了。他身上带一点酒气，但是眼神清明，完全不见醉意。

果然喝醉酒的季先生是难得一见的。

“季先生回来了？”

“嗯。”

“季小姐在抱怨你没陪她吃饭。”

“我知道。”

季明轩洗了个澡就躺下睡觉了，统共只跟沈默说了两句话。第二天他补上了欠季安安的那顿饭，全程呵护备至，却连眼风也不扫沈默一下。

如此过了几天，沈默才后知后觉地发现，季明轩是在跟他打冷战。

印象中这还是第一次。以前季明轩若是不想理他，十天半个月不回家也就是了，这次却不一样，应酬到再晚也要回家来，然后故意用背脊对着他。

沈默不用想也知道，是那天晚上说的话得罪了季先生。他倒是不怕被冷落，反正在公司已当惯了透明人。就像他对季安安说的，很多事情渐渐就习惯了。

这天刚好又是周末。

季明轩吃完早饭就去公司了，季安安不用上班，便换了位子坐到沈默身边来，问："沈大哥，你跟我哥是不是吵架了？"

沈默没想到还是被她看出了端倪，嘴上却说："没有，我跟明轩……好得很。"

季安安并不信他，道："别的我不敢说，但大哥是不是心情不好，我还是看得出来的，他这几天明显是在生闷气。"

沈默不好承认，只能继续装傻。

季安安道："我母亲过世得早，父亲又整天忙公司的事，我差不多是大哥一手带大的。大哥虽然脾气不好，但对自家人可是宠得要命，你们要是真吵架了，你只要哄哄他就好了。"

哄季明轩?

季先生又不是小学生，让他怎么哄?

沈默光是想象一下那个画面就觉得可笑。他跟季明轩的冷战还没结束，季安安跟周扬订婚的日子倒是先定下来了。

可能也是周家最近情况复杂，急着要和季家联姻，所以订婚的日子选得很近，订婚宴则是选在H市最有名的王朝酒店。

沈默本来想借故不去的，但禁不住季安安软磨硬泡，最后还是决定去走个过场。

订婚那天天气极好，到场的多是周季两家商场上的朋友，沈默没见着什么熟人，便一个人随便走了走。酒店大厅里金碧辉煌，悬在顶上的水晶灯尤其漂亮，不断变换着绚烂色彩。

沈默看得正出神，忽听有人叫他：“沈先生。”

沈默一回头，就看见一身白西装的赵奕。赵奕本来相貌就好，穿白的又格外衬人，在人群中也似闪闪发光，举手投足都能吸引目光。

沈默没想到会遇上他，怔了一下才道：“赵先生也来了？”

“周家跟季家联姻，可是本市的一段佳话，我当然要来凑凑热闹。而且我的那张邀请函……”赵奕冲沈默一笑，说，“是季先生亲手给我的。”

沈默听他提起来，才想起自己好几天没见过季明轩了。他晚上睡得沉，季明轩最近又忙着订婚的事，也不知有没有回家来。

赵奕四下看了看，问：“怎么不见季先生？”

沈默道：“明轩朋友多，在忙着招呼客人。”

“季先生真是大忙人。”

“一贯如此。”

沈默对上赵奕，总觉得有些尴尬，原本想敷衍几句就走开的，不料大厅的灯在这时暗了下来。

接着音乐声响起，周扬跟季安安携手走了出来。两人都穿正装，周扬的黑西装配上季安安的纯白小礼服，真正是一对璧人。全场唯一的一束光打在俩人身上，晃得人有些眼晕。

沈默远远瞧着，觉得一切都不真切。他对周扬的印象还停留在三年前，对眼前这个即将成为季安安丈夫的男人，反而感到陌生了。

沈默过了一会儿才发现，季明轩也站在不远处。

季明轩的目光扫过来，仿佛在他身上停顿了一下，然后又飞快掠了过去。

沈默不确定是不是自己的错觉。

他听见旁边有人窃窃私语：“季家净出俊男美女。”

“妹妹都快结婚了，当哥哥的却还没动静。”

“季先生的花边新闻可不少，且他若是想结婚，多少名媛淑女任他选。”

赵奕也听到这番话，看了沈默一眼，轻轻挑一下眉梢。

沈默愈发觉得不自在起来。

好在订婚宴就是走个流程，周扬跟季安安切完了蛋糕、倒完了香槟，一切便告结束。两人拥吻时，大家纷纷鼓掌祝福，沈默在人群中拍得两只手都疼了。

随后灯光重新亮起来。季安安当沈默是自家人，径直走过来找他说话。她刚在台上喝了点酒，两边脸颊红扑扑的，更添了一分艳色。她左手已戴上了订婚戒指，在水晶灯下折射出耀眼的光。

季安安拍着胸口道：“刚才真是紧张。”

“人人都这样。”沈默真心道，“恭喜。”

季安安笑着抿一口酒，问：“我看大哥今天心情不错，你们是和好了吗？”

沈默想也不想，道：“当然。”

两人正说着话，远远看见赵奕端了酒杯去找季明轩。

季安安也听说过一些传闻，有点不大高兴，小声嘀咕道：“他怎么也来了？”

边说边拉起沈默的手，道：“我们过去找大哥。”

沈默挣扎不脱，只好被她拉着走。

半路上跟一个身形高大的男子擦肩而过。那人长相普通，只是眉骨处有一道深深的疤痕，看起来颇为打眼。

沈默只瞥了他一眼，一张脸瞬间变得苍白，两条腿像是重逾千斤，整个人僵在原地，连一步也迈不开去。

季安安回头道：“沈大哥，你怎么了？”

沈默被她握着的那只手也是冰凉冰凉的，道：“刚才那个人……”

“谁？”季安安回头张望一番，说，“哦，你是说脸上有疤的那个人？他是周伯母找来的保镖，负责订婚宴的安保工作，好像还是周扬的远房表哥。”

“他长得凶神恶煞的，确实挺吓人。”季安安悄声道，“听说他是在道上混的，从前还坐过牢，前不久才刚从牢里出来。”

沈默脸上一点血色也无，过了很久才找回自己的声音，低声说：“……我知道。”

季安安没听清沈默说了什么，接着道：“其实我也不太喜欢周扬这个表哥，不过周伯母要照顾亲戚，也是没办法。不管这人是什么身份，只要我们不去惹他就没事了。”

沈默说：“是。”

声音不自觉地有些颤抖。惹到那人会有什么下场，他是最清楚不过的。

季安安到这时才觉得不对劲，叫道：“沈大哥？”

沈默仿若惊弓之鸟，竟被这一声吓到了。

他立在人声鼎沸的酒店大厅里，竟像回到了三年前的那一天。那真是再寻常不过的一天，周扬有事要回家几天，他自己一个人出门买东西，做梦也料不到会被绑架……

“沈大哥？你还好吧？”季安安又叫一声。

沈默猛然回过神，勉强镇定下来，说：“我有点不舒服，想去一下洗手间。”

季安安见他脸色确实不好，便松开了他的手问：“要不要叫大哥陪你去？”

沈默朝季明轩的方向望一望。

他正同赵奕说话，两人不知聊到什么，赵奕笑得十分开心。

沈默摇头道：“不用了，我休息一下就好。”

他拨开人群朝洗手间的方向走去。

大厅里的灯光太刺眼了，打在人脸上白晃晃的一片，无论男女老幼，眉骨处都似有一道狰狞疤痕。短短一段路，沈默走得极慢极慢，走进洗手间时额角全是冷汗，连鬓发也被打湿了。

镜子中映出来的脸白得吓人，沈默只看了一眼，就低下头去洗手。

冰凉的水哗哗冲着他的手。

他右手的伤早就痊愈了，手上连一点伤痕也没留下，但他永远忘不了曾经有人将他的手踏在地上，一根一根踩断他的手指。

被绑架的时候，他原本有过逃跑的机会。他躲在草丛中，一遍一遍打周扬的电话，但是那个记在心尖上的号码，偏偏怎么也打不通了。

后来他被抓回去，才从那群人口中听说，周扬是跟季安安一起出国了。多可笑，他这个被抛下的人，竟然最后一个知道真相。

当时他浑身是伤地躺在地上，手指被人踩得变了形，亲耳听见骨头断裂的咔擦声，疼得叫也叫不出来。

真正刻骨铭心。

“哒、哒、哒。”

洗手间外忽然响起一阵脚步声。

沈默的手一抖，仿佛又回到了拼命逃跑的那个时候，他慌不择路地躲进一间隔间里，死死锁住了门。

那脚步声越来越近，最终转进了洗手间里，在每一个隔间前停留片刻，像是在寻找什么人。

沈默怕得不行，从衣袋里摸出手机，飞快地按下一串记得烂熟的号码。

手机屏幕上立刻跳出季明轩三个字。

沈默呆了呆，怔怔看着这个名字。

他几乎忘了身处何时何地，但还记得自己跟季明轩正在冷战。

若是打过去，季先生会不会接电话?

他害怕那个脸上有疤的男人，害怕那段噩梦般的回忆，但是更怕拨了电话过去……依然是无人接听。

可能季明轩只顾着跟赵奕说笑，根本听不到电话铃响。

沈默盯着屏幕上那三个字，看得眼睛都酸了，才用冰冷的手指按下了删除键。

三年前的那一天，他叫了无数遍周扬的名字。

直到后来在医院病房醒过来，他才明白一个道理，这世上除了他自己，谁也不会来救他。

脚步声越来越近。

沈默深吸一口气，一只手抓着手机，另一只手慢慢握成了拳头。

那脚步声在他藏身的隔间前停了下来，接着就响起了“咚咚咚”的敲门声。

沈默身体抖得停不下来，他怕自己不小心发出声音，连忙将手指塞进嘴里用力咬住。就在这个时候，却听外面有人叫他道：“沈默。”

声音是再熟悉不过的。

沈默浑身一震，仿佛忽然落进了某个梦境中。他身上仅剩的一点力气也消失无踪，手撑在门板上，小声问：“季先生？”

是怕声音太响，自己会倏然醒转过来。

季明轩说：“是我。”

沈默安静片刻，慢慢开了隔间的门。

站在门外的自然是季明轩。因为是季安安订婚，他今日的穿着格外讲究，西装笔挺，器宇轩昂。

他看着沈默道：“听安安说你身体不舒服？”

沈默没有作声，只怔怔看了他一会儿，然后低头去翻自己的手机。输入一串号码后，屏幕上再度跳出“季明轩”三个字，他这次没有迟疑，直接按下了拨号键。

铃声很快响了起来。

季明轩表情微愕，但还是取出了手机。

沈默握着手机与他对视，耳边传来等待接听的“嘟嘟”声，紧张得手心微微冒汗。不知过了多久，手机里响起季明轩略显低沉的嗓音：“沈默？”

他拨了无数次的这通电话……终于有人接听。

沈默脚下一软，差点摔在地上。

季明轩及时扶住他胳膊，问："怎么回事？生病了吗？"

"季先生……"沈默捉着季明轩的衣襟道，"我看到那个人了……"

"什么人？"

沈默也不知如何形容才好，只是在眉骨处比划了一下，道："这里……有一道疤。"

他说得没头没尾，自己也觉得语无伦次，偏偏季明轩听懂了。

季明轩"唔"了一声，说："原来是他。"

又说："我倒是没想到，他这么快就从牢里出来了。"

沈默反而觉得奇怪："季先生还记得那个人？"

季明轩没回答，只是望着他的眼睛，问："怕吗？"

沈默张了张嘴，却说不出话。

他也知道自己有点被害妄想了，当年他被人绑架，完全是因为周扬的缘故，现在他跟周扬毫无关系，谁会来注意他这个小人物？

但当时的恐惧深深刻印在身体里，他实在控制不住。

沈默不说话，季明轩便没再追问，握一握他的手道："怎么这么凉？"

说完就脱了外套下来丢在他身上。

沈默吓了一跳，手忙脚乱地接住季明轩的西装。

季明轩一边动手挽起衬衣的袖子，一边对他说："在这里等我回来。"

"季先生？"沈默一头雾水。

季明轩没理他，转身朝门外走去，快到门口时，却又回过头望他一眼，嘴角微微上扬，说："等着。"

沈默已经习惯听他的话了，也生不出别的念头来，就抱着那件西装在洗手间等他。

西装上还残留着季明轩的体温。

说来也怪，只是跟他说了几句话，沈默就觉得定下心来，先前的种种恐惧竟如潮水般退去了。

也不知过了多久，外面忽然传来一阵喧哗声。

沈默不知出了什么事，连忙循声跑了出去。走了没几步，就见通往大厅的走廊上围了一圈人，远远的就能听见别人的议论声。

“真是想不到，那个季先生竟然……”

“是不是喝醉酒了？”

“谁知道？怪事年年有，今年特别多。”

沈默听说跟季明轩有关，更是紧张了一下，抱紧怀里的西装，拨开人群往前面挤去。他好不容易挤进圈内，只见季明轩立在那里，身上只穿一件衬衫，袖子挽到手肘处。他右手不知为何受了伤，渗出一点点血迹来。

而不远处的地上则躺了一个人，眉骨处疤痕狰狞，但脸上却挂了彩，样子十分狼狈。

看到这样一副场面，沈默就算是笨蛋，也知道发生什么事了。

他呆呆立在原处。

季明轩目光一扫，很快发现了他。他冲沈默招一招手，若无其事道：“不是叫你等我吗？”

沈默只觉心跳快得无以复加。

他一步步朝季明轩走过去。

他早已明白的，这世上除了他自己，谁也不会来救他。

但若是连自己也救不了自己呢？

那么……

那么还有季先生。

第四章

沈默不知道自己是如何走到季明轩身边的，反正等他回过神来，已经站在季明轩的身边了。

过了一会儿周扬匆匆跑过来，见到季明轩跟沈默，表情不禁一怔，但他很快掩饰过去，问：“出什么事了？”

“没事，”季明轩放下衬衣的袖子，淡淡道，“酒喝得有点多，不小心撞了一下。”

看现场的情形就知道他是睁眼说瞎话，但众人虽然窃窃私语，却没有一个出声反驳他。

周扬便也顺势道：“原来如此。”

季明轩伸手拍一拍他的肩膀，十分自然地说：“剩下的你帮我处理一下吧，妹夫。”

“是，”周扬的喉结上下滚动一下，道，“大哥。”

说完将目光转到沈默身上，沈默还来不及与他对视，就已被季明轩拖走了。

沈默身不由己地跟着季明轩往前走，瞥见赵奕也站在人群中，但季明轩连看也不看他一眼，直接走出了酒店大厅。

大厅外有一处小花园，同样花重金打造得美轮美奂，中间一条小溪缓缓流淌，周边栽满了各种不知名的植物。这一晚正好是十五，月亮又大又圆，月光悄然洒落下来，有种静谧而美好的味道。

季明轩缓下脚步，说：“出来醒醒酒。”

沈默见识过他喝醉酒的样子，知道他现在清醒得很，不过并不揭穿他，只是望着他的手道：“季先生受伤了。”

季明轩这才想起来，满不在乎地说：“擦破点皮而已。”

沈默抓起他的手，借着月光仔细看了看，见果然只是一点皮外伤，但打人能打成这个样子，可见动手时下了狠劲。

他这时候仍像在梦中一样。

或者他连做梦也想不到，季先生这样的人，竟然会在大庭广众之下跟人打架。

他握着季明轩的手问：“要不要去医院？”

接着又自言自语道：“这么多人都看见你动手打人了，明天报纸上不知怎么写？”

季明轩好笑道：“怎么写？最多就是写季家跟周家联姻，郎才女貌、天作之合，别的一句也不会多提。”

凭季明轩的本事，要压下这件事，实在是轻而易举。但越是这样的人，越是自重身份，绝不肯在公众场合失了风度。

所以季明轩今日这番举动，不知让多少人跌破眼镜。

“季先生。”

“嗯？”

“你刚才……为什么打那个人？”

沈默心中隐隐知道答案，可是又不敢确定，想听季明轩亲口说出来。

偏偏季明轩并不答他，只是道：“陪我走一走吧。”

这处花园并不算大，稍微走几步就到头了。季明轩像是嫌走不够似的，拉着沈默绕了一圈又一圈。

沈默见他始终不说话，便开始乱七八糟地想起心事来。他的思绪正不知道飘在哪里，忽听季明轩叫他道：“沈默。”

沈默茫然地转过头，这才发现季明轩已经停住了脚步，正回头望着他。

月光寂静无声。

季明轩的目光也似这月光一样温柔，低声道："我们回家吧。"

沈默一晚上没睡好，第二天早上起来还昏沉沉的。他明明滴酒未沾，却像喝酒喝高断了片，许多记忆都变得模模糊糊的。比如周扬跟季安安那场盛大的订婚宴，再比如那个让他害怕到发抖的疤脸男人。唯一清楚记得的，就是季明轩挽起袖子跟人打架的样子。

沈默今天起得晚了，到楼下时季家兄妹已经在餐厅了，季安安正缠着季明轩追问昨天晚上的事。

"听说周扬那个表哥以前是混黑道的，哥你怎么敢跟他动手？你就不怕被他一拳撂倒吗？万一出了事怎么办？"

季明轩被她缠不过，只好答道："我知道。不怕。不可能发生那种事。"

季安安的八卦之心没有得到满足，托着下巴道："别人都说哥你昨晚喝醉了，但是据我所知，你的酒量应该没这么差。"

季明轩随意道："他们说什么就是什么吧。"

季安安显然并不满意这个答案，见沈默刚好走过来，便问道："沈大哥，你昨天也跟我哥在一起，你说他到底有没有喝醉？"

沈默虽然知道前因后果，却没法向季安安解释，幸好季明轩替他解了围，转移话题道："安安，你今天是不是休息？"

"是啊，今天周末嘛。"

"下午有个车展，你自己去选辆车，就当是我送你的订婚礼物。"

"车库里这么多车摆着，随便开哪辆都行，何必再买新的？"

"那不一样。"季明轩笑笑，目光转向沈默，"我今天有事要忙，你陪安安去吧，顺便也看看有没有中意的车。又不是没驾照，没必要天天走路上班。”

沈默没想到会扯上自己，刚想开口拒绝，季安安已经抢先道：“行行行，我跟沈大哥一块去，肯定能挑中合适的车，哥你尽管放心吧。”

边说边冲季明轩眨了眨眼睛。

季明轩哼地轻笑一声，没再多说什么，吃完早饭就去公司了。

季安安回房间换了身衣服化了个妆，然后就缠着沈默一起出门。沈默自是磨不过她，只好陪她去了。

两人在外头吃了顿午饭。季安安一路上都在聊车的话题，问沈默喜欢什么牌子、哪个型号、哪种排量的车。沈默平时对这些并不关注，一时也说不上好恶，便道：“你喜欢就好，我只是随便看看，并不是一定要买。”

季安安瞧他一眼，忍不住笑了起来，说：“你以为大哥真是要送我订婚礼物？他是想给你买车，又不好意思直说，所以才拿我当幌子呢。信不信你今天要是没挑中车，他明天就扔给你一把车钥匙，还是贵得要死的那种？”

换成以前沈默肯定是不信的，但经历过昨晚的那些事后，他反倒有些不确定了。他从来都是直来直去的性格，不像季明轩连买个车都这么迂回，所以怎么也猜不透季先生的心思。

沈默一心琢磨着季明轩的事，没想到到了车展上，竟然遇见了周扬。

季安安也是惊讶，小声说：“我只发了个短信给他，可没叫他过来。”

但毕竟是热恋中的人，能见面自是欣喜，笑着对周扬道：“你怎么也来了？”

“未婚妻要选车，我当然要过来看看。”

“你不是说家里有事吗？你那个表哥……”

“已经处理好了。”周扬的面色沉了沉，目光有意无意地从沈默脸上扫过，道：“他得罪了不该得罪的人，看来要吃一点苦头了。”

季安安立刻跳出来维护她哥，道：“我哥也不是仗势欺人的人，昨晚会在订婚宴上动手，肯定是有原因的。”

周扬点点头：“我猜也是如此。”

他似乎不想多谈这件事，道：“我们先去看车吧。”

季安安却“咦”了一声，指着不远处说：“那边那个不是你新认的弟弟吗？”

昨天在订婚宴上，沈默也远远见过周扬那个私生子弟弟，这时离近了再看，果然与周扬有几分相像。只是两人的气质截然不同，周扬少言寡语，他弟弟周楚却能说会道，一副花花公子的做派。

周扬对这个刚认祖归宗的弟弟没什么好感，冷淡道：“他刚回周家没多久，还没买车，所以也跟过来看看。”

“要不要过去打个招呼？”

“不用理他。”

季安安本身对周楚没什么好感，便挽了周扬的手往前走。沈默跟他们走在一起难免觉得尴尬，干脆提出自己一个人到处逛逛。

季安安还惦记着季明轩分配给她的“任务”，反而是周扬道：“男人跟女人的眼光差得很远，就让沈默自己看吧。”

季安安这才答应，跟周扬携手走了。

沈默记得季明轩从前也提过给他买车的事，不过都被他拒绝了，这次认真考虑了一下，觉得有辆车代步倒也不错。当然用不着花季明轩的钱，他工作了几年也有些积蓄，买辆经济实用型的车还是负担得起的。

既然动了这个念头，沈默便专心看起车来，后来还真给他找到一辆合适的，刚想坐进去试试，就有人拍了一下他的肩膀。

沈默回头一看，没想到竟是周扬。

他四下看了看，并不见季安安的身影。“季小姐呢？”

“她去洗手间了。”周扬说着，伸手扯住沈默的胳膊，道，“我有几句话跟你说。”

沈默立刻道：“我们之间没什么可说的。”

“沈默……”周围人太多，周扬尽量压低了声音，“我今天原本不用来的，是听安安说你在这里，才特意过来找你。”

“别忘了，你昨天才跟季小姐订婚。”

周扬的脸色顿时变得十分难看。

但他还是抓着沈默不放，道：“我们换个地方说话吧。”

沈默不想跟他在公众场合闹起来，只好跟着他往安全出口走去，到了楼梯间就不愿意再走了，甩开他的手问：“你到底想说什么？”

周扬却不作声了，神色复杂地望了他许久，才开口道：“三年前，我去国外的那段时间……你是不是出了意外？”

沈默的身体微微一僵，过了一会儿才说：“这么久以前的事，我已经记不清了。”

“昨晚季明轩动手打人的时候我就觉得不对劲了，他这么骄傲的人，怎么会跟一个保镖过不去？后来我花了好大的力气，才从我那个表哥嘴里套出话来，他说，曾经带人去找过你的麻烦。”

沈默不由自主地握住了自己的右手。

周扬本就跟他离得极近，这时又往前走了一步，问：“我去国外的时候究竟发生了什么事？我回来之后怎么也联系不上你，当时你在哪里？”

“现在再来说这些，有意义吗？”

“当然有！我一直想不明白你为什么跟我绝交，如果是因为……”

“如果真的如你所想，又能怎么样？你有没有想过，你那个表哥跟我无冤无仇，为什么要来对付我？”

周扬被问得哑口无言。

沈默见他这个样子，忽然觉得好笑。

他也真的笑了一下，伸手替周扬整了整衣领。这是从前他们亲密无间的时候，他常常做的一件事。

“你明明知道原因，只是不敢承认罢了。你的父母，至少是你的母亲，早就知道我的存在了。她特意找人来警告我，让我——永远别再出现在你的面前。”

周扬面色铁青，问：“你当初……”

“不必再提当初的事了。”沈默替他整好了衣领，道，“还是珍惜现在吧。季小姐对你一片真心，你别辜负了她。”

三年前刚刚出事那会儿，沈默心中不是没有怨气的，但他现在的心态反而平和了下来。他说完了该说的话，也不管周扬是如何想的，转身走出了楼梯间。

走到出口时，忽听“啪嗒”一声轻响。

沈默随意瞥了一眼，原来是有人靠在墙边抽烟，那人刚好也抬起头来看他，脸孔有几分眼熟，竟是周扬的弟弟周楚。

沈默暗暗惊讶，不知道他是什么时候来的，有没有听见他跟周扬说的话。

那个周楚倒是个自来熟的，细长的眼睛眯了眯，送沈默一个微笑。

沈默仔细想了想，他跟周扬的谈话没什么见不得人的地方，因此没把这事放在心上，只点了点头算是打过招呼了。

发生了这么个小插曲后，他买车的心思也淡了点，接下来都是走马观花，什么也没看上。倒是季安安选中了一辆车，最后还是周扬签的单。

虽然周扬家里有事，没办法陪未婚妻共进晚餐，不过季安安还是心情大好，一路上跟沈默有说有笑的。晚上季明轩一回家，她就急着说了这件事。

季明轩含笑听了，语气里不无惆怅：“原本是我想送你礼物的，没想到却被妹夫抢先了。”

季安安忙把沈默推了出来，道：“哥你要送就送沈大哥吧。”

季明轩这才看向沈默，问：“怎么样？有选中的车吗？”

“没看到合适的。”

“那就算了。”

季明轩语气平淡，看不出是喜是怒。

沈默从前最怕他这个样子，常担心自己是不是罪了季先生。但现在却不怕了，只是望向季明轩的右手。

季明轩昨天打人时手上受了点伤，回来后沈默给他上了药，又翻箱倒柜地找出创可贴来贴上了。那创可贴也不知是不是季安安的，上头是卡通小人的图案，季明轩早上就贴着这个去了公司，没想到回来时手上仍旧贴着。

难道他在公司开会时手上也贴着这玩意?

季明轩也注意到了沈默的视线，轻咳一声，将手背到身后说：“吃饭。”

吃过饭后季明轩先去洗了个澡，出来时已经撕掉了那张创可贴。沈默只当他是扔了，没想到洗完澡刷牙时，发现季明轩的牙杯跟平常不太一样。

原本素色的杯子上多了五颜六色的一块，沈默拿起来一看，上头那个可笑的卡通小人，可不就是季明轩贴了一天的创口贴?

他不禁心中一动，拿着那个杯子看了又看，然后默默放回了原处。

晚上季明轩睡得不太安稳。

关了灯以后还是在床上翻来覆去的，像是床垫下藏了颗豌豆，硌得季公主青一块紫一块的，怎么也睡不着了。

沈默是睡眠特别好的那种人，一沾整头就能睡着，不过被季明轩这么一闹，也有点失眠了。他正犹豫着要不要数羊，就听季明轩低低叫了一声：“沈默……”

沈默又不好装睡，只好应道：“嗯。”

“你没睡着？”

“还没。”

季明轩静了片刻，忽然坐起身来，开了床头的灯。

灯光微微刺眼，沈默不由得抬手挡了挡，迷糊中看见季明轩从枕头底下摸出了一样东西。

难道真有豌豆?

他正这么想着，却见季明轩像扔暗器似的把那样东西扔了过来，接着用一种漫不经心的口吻说：“反正放在车库里也是积灰，你拿去随便开吧。”

沈默怔了怔，坐起来一看，季明轩刚才扔给他的，竟然是一枚车钥匙。

沈默在车展上逛了半天，一看车钥匙上的标志就知道价格如何了。他仅剩的一点睡意也消失无踪，捏着那车钥匙不知该不该收。

“季先生……”

季明轩却不让他把话说完，关了灯道：“好了，睡觉吧。”

这下季明轩倒是睡踏实了，失眠的人换成了沈默。他好不容易才睡着了，梦里还梦见自己被人追杀，辛辛苦苦地躲了半天暗器，最后定睛一看，哪是什么暗器啊？明明就是一地车钥匙。

第二天季安安听说这件事，悄悄笑了半天。

沈默犹豫再三，周一时还是开着季明轩送的车去了公司。他怕自己若是不开，某位“公主殿下”又要动气了。他最近才发现跟季明轩相处起来其实并不难，最要紧的是得顺着毛摸。

季明轩很有分寸，送给沈默的并不是什么豪车，只是价格毕竟摆在那里，他突然开车去上班，还是惹来了一些关注。

好在沈默早就习惯了同事的冷嘲热讽，只专心做好自己的事，当别人都不存在。

时间过得飞快，不知不觉就翻过了新年。

期间周扬给沈默打了几通电话，沈默都没有接。他跟季明轩原本是在打冷战的，但经过订婚宴那一晚后，一切就都烟消云散了。季明轩除非公司的事特别忙，否则都会回家吃饭。

沈默日子过得糊里糊涂的，到了一月底的时候，才想起来快到立春了。

季明轩的生日正是立春。

他从前不知道也就罢了，如今既然知道了，又收了季明轩送的车，总要回一点礼才行。

提到买礼物这事沈默就头疼，好在还有季安安给他出谋划策。

“我哥要什么东西买不到？送普通的礼物未免太没意思了，不如……”季安安眼眸一转，道，“你买两张飞机票，跟他去国外旅游一趟吧。”

“旅游？”

“嗯，我跟周扬上次去的小岛就不错。沙滩、月光、海湾……实在浪漫得要命。有一天说好了乘游艇出海，没想到我上了游艇一看，甲板上铺满了玫瑰花。”

这必然是周扬向季安安求婚的场景了，她说到这段回忆时，表情格外温柔多情。

不过让沈默同季明轩去那座岛上？只怕不是浪漫，反是折磨了。

沈默不好直接否决这个建议，找了借口道：“好是好，不过年底公司事忙，怕季先生没有这个时间。”

“这个简单，找我哥问问不就知道了？”

季安安说到做到，晚上吃饭时就旁敲侧击地问了起来。

只不过她问得太明显，马上被季明轩识破了意图。“二月初的那几天有没有空？怎么？你有什么事吗？”

“哥你只要说有空没空就行啦，要是空的话，可以跟沈大哥一起……”

“安安！”

沈默连忙出声阻止。

季安安眨了眨眼睛，没再说下去了。

季明轩的视线在两人身上转了一圈，若有所思地蹙一下眉，说：“这要查一下我下个月的日程安排。”

“那赶紧问你秘书。”

“急什么？”季明轩瞥她一眼，慢悠悠道，“先吃饭。”

吃完饭后季明轩就进了书房。

沈默原本想在客厅看一会儿电视的，却被季安安催着去问日程。

“快去快去，我哥没把这事放在心上，可能转个头就忘了。”

沈默从来拗不过她，只好去了。

他可一点都不想去小岛上玩，所以只打算去书房门口走一圈做做样子。没想到书房的门虚掩着，走到门口就能听见季明轩在里面打电话。

“没错，就是二月初的那几天……什么会议？嗯，无所谓……我不管你用什么方法，往前挪或者往后推，总之那几天要空出来……”

沈默听得怔了怔，手已经放在了门把上，又迟疑着收回来。他在书房门口静静立了一会儿，然后转身回了客厅。

季安安正坐沙发上看电视，见他回来了便问：“怎么样？我哥到底有没有空？”

沈默有点心不在焉，想了想说：“大概有空吧。”

“有空就是有空，没空就是没空，大概是什么意思？他行程还没定吗？”

沈默的心思早飘到别处去了，一时也没有解释。

季安安还想追问，手机铃声却响了起来。她见是周扬打来的，忙回房间接电话去了。

沈默一个人坐在空荡荡的客厅里，又像订婚宴的那个晚上，一颗心怎么也定不下来。他想着该找些事做，于是开了电脑浏览网页，等回过神来，才发现自己在查机票的信息。

难道他真打算跟季明轩去那小岛上？不不不，那可是周扬向季安安求婚的地方。

但若是季明轩安排出了时间来呢？

沈默竟认真为这个问题烦恼了一下。

临睡前季明轩洗完了澡从浴室出来，边擦头发边问：“说吧，你跟安安究竟有什么计划？二月初……是我生日吧？”

沈默也是老实，见瞒不过去，干脆就和盘托出了。

季明轩听后，看着他道：“安安提了这个建议，然后你也同意了？”

沈默一开始根本不想去那个见鬼的小岛，但是被季明轩这么一问，竟鬼使神差的答：“只要季先生愿意去，我当然没意见。”

季明轩点点头，微微沉吟道：“那个小岛我不喜欢，另外换个地方吧。机票我会让秘书去订的，你这几天把行李收拾好就行了。”

沈默没想到他这么快就拍板决定了，不由得问：“季先生那几天有空吗？”

季明轩停顿了两秒钟，连眼睛也不眨一下，道：“我让秘书查过行程了，这么巧，那几天刚好空得很。”

沈默“哦”了一声，第一次知道季先生说谎的本领这么好。

是季明轩藏得太深，还是他从前只管躲在自己的壳里，根本没去注意过？

出国游的事既然定了，谈话就算告一段落，季明轩擦干了头发就关灯睡觉了。只是刚躺下不久，他就想起一件事来，对沈默道：“我接下来几天比较忙，晚上会晚点回来。”

沈默一听就知道，他定是把工作都提前了。

年关将近，正是公司最忙的时候，季明轩匆匆忙忙做一番安排，也不知要费多少心力。但到了他嘴里，就只是轻描淡写的一句“正好有空”。

季明轩从这天以后果然开始忙工作了，他的秘书办事效率一流，没多久就订好了飞国外的机票，沈默一看，又是某个浪漫的岛国，传闻中的风景胜地。酒店之类的也已安排妥当，沈默只要抽空收拾一下行李就行了。

不过他刚悠闲了几天，就被季安安抓了壮丁。季安安的婚期已经定下了，许多东西都要开始置办起来。季明轩是只管付账的，她在国内又没什么亲密的朋友，最后只好找上沈默了。

刚好沈默现在有车，给她充当司机倒是不错。

这天买完东西时间还早，两人便顺道去附近的王朝酒店喝了个下午茶。季安安尤爱这里的一道甜品，沈默嫌太甜腻，只点了杯咖啡喝。

再过几天就是二月了，两人正聊着关于旅游的话题，沈默偶一抬头，却瞥见了一道眼熟的身影。

那是一位容貌秀丽的女士，虽然年纪已经不轻了，但岁月似乎对她格外优待，并未在她脸上留下多少痕迹。她穿一身烟灰色的套裙，戴着同色的珍珠首饰，得体又大方。而周扬的弟弟周楚正笑嘻嘻地陪在她身边。

沈默拿咖啡杯的手瞬间僵住了。

季安安见他这个神情，也回过头去一看，立刻惊讶道："咦，是周伯母。怎么那个周楚也陪在她身边？"

沈默没有吭声。

订婚宴上他也见过这位周夫人一面，知道她出身豪门，有心机有手段，连周扬的父亲也怕她几分。

季安安起身道："我们过去跟周伯母打个招呼吧。"

沈默自然是不肯的。他侧了侧身，道："我跟你的周伯母又不熟，还是不去凑热闹了。"

既然沈默不愿意，季安安也没有勉强，自己走了过去。

那位周夫人显然对季安安这个未来儿媳十分满意，一见面就亲亲热热地挽住了她的手。两人说了几句话后，周夫人干脆拉着季安安往前走了。

季安安忙回头朝沈默使了个眼色，沈默会意地点点头，比了个会在原处等她的手势。

周夫人这样的身份，就算喝下午茶也不会太随便，很快就有人领着他们进了VIP包厢。

沈默一个人继续在外面喝咖啡。

下午的阳光太好，晒得人有些昏昏欲睡了。沈默随手翻了几本杂志，倒是看到不少旅游相关的内容。

他原本对这些不感兴趣，这次也不知怎么回事，竟认真查起攻略来。

是因为跟季先生一起去的关系吗？

正想到这里，他的手机忽然震了一下。

是有新短信进来了。

沈默低头一看，竟然是季安安发过来的：沈大哥，我身体有点不舒服，在楼上6018号房休息，你快过来一下。

沈默吓了一跳，连忙从座位上站了起来。

他记得季明轩提过几次，说是季安安从小身体就差，若是身体有什么不适，一定要赶紧去医院。季安安性格开朗，看着不像体弱多病的样子，不过脸色确实比平常人要苍白一些。

沈默担心她的情况，一边朝大厅的电梯走去，一边给她回了个电话。

但手机一直无人接听。

沈默按下电梯按钮，看着显示屏上跳动的红色数字，忽然觉得有些不对劲。季安安是跟周夫人一起进的包厢，现在她身体不适，自然有周家的人照顾，为什么急着叫他过去？就算是把他当成了自己人，见到他才能安心，那么直接打电话就成了，何必要发短信呢？

沈默的眼皮跳了跳，觉得这件事处处透着诡异。不过等电梯一到，他还是抬脚迈了进去，然后就给季明轩拨了个电话。

季明轩是真心宝贝妹妹，听完后马上说："我这就过来。"

公司到这里至少要三十分钟，他想了想又道："安安跟周家人在一起，应该不会出事，我只担心她的身体……要是情况不对，你就叫救护车吧。"

沈默听得一怔，心想季安安的身体有这么差吗？还是季明轩关心则乱？

不过他仍是答："好的，我先联系上季小姐再说。"

挂断电话后，电梯刚好到了六楼。

无论那条短信是不是季安安发的，反正她那边肯定是出了状况。所以沈默没有多想，径直朝6018号房走去。知道季明轩稍后就到，沈默的底气也足，管他阴谋阳谋，先去看了再说。

他走到6018号房门口，发现门是虚掩着的，里头隐约传来些声响。

“安安？”

沈默叫了一声，推开门走了进去。

这房间是个两室的套间，外面的起居室空无一人，倒是从里面的卧室走出来一个赤着上身的男人，嘴里说道：“你拿个衣服怎么去了这么久？”

沈默与他打了个照面，两人都是一怔。

“沈默？”周扬率先回过神来，问，“你怎么在这里？”

沈默没有答他，只是问：“季小姐呢？”

“安安？她在楼下陪我妈喝茶。”

沈默松一口气，知道此地不宜久留，转身就往门外走。

这时却听“嘭”的一声，是房门关上的声音。

沈默快步冲过去开门，但不知房门被动了什么手脚，竟是怎么也打不开了。

“怎么回事？”

周扬也过来捣鼓了几下，结果当然以失败告终了。他稍微一想就明白了前因后果，沉下脸道：“周楚那个混蛋！”

沈默问：“是你弟弟设计的？”

“他故意把咖啡洒在我身上，然后开了个房间给我换衣服。”周扬望了沈默一眼，问，“你呢？”

“他用季小姐的手机给我发了条短信。”

“怎么这么巧，你跟安安也在这家酒店？”

“季小姐最喜欢这边的一道甜品，我们最近常常过来吃。”

周扬眉峰一蹙，道：“今天是周楚提议来这里喝下午茶的。”

不是偶遇，那就是早有预谋的。

沈默立刻想起车展那天，周楚靠在墙边抽烟的样子。“恐怕你弟弟听到我们那天说的话了。”

周扬脸色微变。

沈默看得好笑，说：“怕什么？我们两个早就毫无关系了。”

周扬被他堵得一句话也说不出来。

但周楚费了这么多心思把他们骗到一起，目的显然不简单。沈默不敢耽误时间，用手机给酒店前台打了个电话，让他们派人上来开门。接着想到季明轩还在赶来的路上，又打了一个电话过去。

“喂，季先生……”

沈默刚说了几个字，就觉手上一空，手机被周扬抢了过去。周扬看了看屏幕上联系人的名字，把手机远远扔了出去。

沈默的手机不是特别结实，这么一摔就自动关机了，他不由惊讶道：“你发什么疯？”

说着想去捡起手机，却被周扬一把扯了回来。

“你以为季明轩是什么好人吗？”周扬捉着沈默的胳膊道，“他跟周楚一样，为了达到目的可以不择手段。”

沈默觉得后背发凉，道：“你胡说什么？”

“当年的事我已经调查清楚了，是我的错，不该瞒着你跟安安去国外。但你猜猜季明轩干了什么？”周扬冷笑了一下，一字一字说，“是他把你的身份……透露给我父母知道的。”

周扬这句话说得并不响亮，沈默却觉耳边像有什么东西炸裂开来，震得他半天回不过神。

沈默有一段时间的记忆特别模糊。从他发生意外到后来康复出院，差不多有半年的时间，每天都过得浑浑噩噩的，除了一些琐碎的片段，其他什么也记不起来了。

比如被绑架的那天，他中途找机会逃了出来，先打电话报了警，接着又拼命拨周扬的电话，但最后却是季明轩救了他。

为什么季先生比警察来得更快?

或者是警察先救了他，随后季先生才出现的?

沈默怎么也想不起真正的过程了。

也是因为他竭力避免回想当初的那些事，所以忽略了这个细节。但无论如何，季明轩肯定早已知道了他的存在。

现在听周扬这么一说，许多回忆又如潮水般席卷而来，令沈默僵在原地，动弹不得。

一切就像计划好的一样，周扬刚刚出国，他就遭人绑架。是周父周母早就知道了他的存在？还是季明轩为了妹妹的幸福，要除掉他这块绊脚石?

沈默想起季明轩那天晚上的样子，心中泛起阵阵寒意。

“季明轩是个利益至上的人，”周扬接着说道，“他所做的一切，只不过是为了促成周季两家的联姻。”

沈默反射性地为季明轩辩护：“他是为了妹妹……”

“你还真信他说的鬼话？他明知道我根本不爱季安安，还硬要将我们两个人凑在一起，这真是为了妹妹着想吗？”

这也是沈默始终无法理解的地方。

季明轩似乎对季安安太过宠溺了，只要是季安安想要的，他不管是非对错，用尽办法也要让她如愿。

“就算季先生用了手段，但这一切难道不是你自愿的吗？是你自愿跟季小姐去的国外，你自愿跟季小姐订的婚，你明明不爱她，却一直在欺骗她的感情。季先生布下了天罗地网，而一步步走进这陷阱里的，却是你自己。”

周扬哑口无言。

过了一会儿，他才颓然道：“我确实不爱安安。我更想跟你一块去国外学画画，实现我们当初的梦想。难道真的不能重新开始吗？”

沈默想也不想就答：“不可能。”

正说话间，耳边传来了开门的声音。

两人怔了怔，双双转过头去，只见原本紧闭的房门已被打开了，而站在门外的人——竟然是季安安。

第五章

她时常挂在脸上的笑容早已消失不见，取而代之的是一种空洞到近乎麻木的神情，一双眼睛直勾勾地望向周扬。

周扬简直不敢与她对望，失声叫道："安安……"

沈默一把推开周扬，道："安安，你误会了，其实……我是收到一条短信……"

他脑子里一片混乱，觉得自己像是蹩脚言情剧里的男主角，只能说一些毫无说服力的话为自己解释。

显然季安安并不信他。

"不用说了。"她从耳边取下一个类似耳机的东西，道，"我什么都听见了。"

沈默呆了一下，很快明白过来，猜想是有人在这个房间里装了窃听设备，甚至可能连针孔摄像机都有。

而这一切，应当就是那个周楚的杰作了。

他费尽心机把周扬和沈默骗到一起，为的就是让季安安得知真相。对一个刚认祖归宗的私生子来说，在周家的日子恐怕不会太好过，但他若是能破坏周季两家的婚事，让周扬少了季家这个靠山，情况可就大不相同了。

果然，接着就听季安安道："我原本还不相信你弟弟说的话，没想到……周扬，你刚才说的都是真的吗？"

她往前走了一步，与周扬面对面站着，问："你一直都在欺骗我的感情？”

周扬迟迟没有回答。

直到季安安又问了一遍，他才长长叹一口气，抬手摘下自己的眼镜，轻轻揉了揉眉心。他向来是个注重形象的人，这时也是一样，重新将眼镜端端正正地戴回去之后，才抬眼看向季安安，开口吐出两个字：“没错。”

季安安的身体狠狠摇晃一下，脸上的血色霎时褪得干干净净。

周扬明明看见了，却还是继续说道：“我周扬，从来没有爱过季安安。”

话音刚落，周扬脸上就挨了一拳。

出拳的人是沈默。他甩了甩右手，第一次知道动手打人原来如此畅快，或者他早就该痛打周扬一顿了。

他没理会周扬的痛呼声，转头去拉季安安的手，道：“安安，这件事复杂得很，我们换个地方慢慢说吧。”

季安安摇摇头，仍旧看向肿了一只眼睛的周扬，问：“为什么骗我？”

周扬嗤笑一声，捂着右眼道：“这应该去问你的好哥哥。若不是他威逼利诱，用尽了手段，我怎么可能跟你在一起？”

季安安浑身一震，直到这时才看向沈默，问：“沈大哥，他说的都是真的？”

沈默不知怎么回答才好，只说：“季先生已经在半路上了，等他来了再向你解释吧。”

季安安眨一下眼睛，接着就有泪水从她右眼中淌落下来，一直流到了腮边。然后她牵动嘴角，露出一个苍白的笑容，低声说：“我明白了。”

沈默急道：“安安……”

季安安拂开他的手，乌黑眼眸直愣愣望着前方，嘴里喃喃道：“原来都是假的……”

一边说一边转过身，跌跌撞撞地出了门。

沈默见她情况不对，想要跟上去看看，却被周扬捉住了手腕。

沈默回头瞪他，气道：“你为什么这么跟安安说话？”

周扬的眼镜都被打歪了，样子颇为凄惨，苦笑道：“今天这个情形，难道我还能继续哄着她吗？她迟早会知道真相的，早一些知道，总比被骗上一辈子好。”

沈默气得只想再打他一拳，但因为担心季安安，也没这个空浪费时间了，挣开周扬的手就往外面走。

谁知走得太急，与外面冲进来的人撞了个正着。

沈默抬头一看，来的不是别人，正是季明轩。他虽然早知道他会过来，真正见了面，心中却是五味杂陈，一时间说不出话来。

季明轩气息微乱，也不知是不是跑上六楼的。他看了看沈默，再瞧了瞧房间里的周扬，心中暗暗惊讶。不过脸上并未表现出来，只是问：“安安呢？”

沈默不敢隐瞒，直接道：“季小姐什么都知道了。”

“知道什么？”

“周扬不爱她的事。”

季明轩脸色煞白，立刻问：“她人呢？”

“刚刚才跑出去。”

季明轩转身去追。

沈默忍不住问：“季先生，当初把我的事透露给周家的人……是你吗？”

季明轩身形一顿，却没有回答这个问题，仍旧大步冲了出去。

沈默原本也想跟去的，但是突然没有了迈步的力气。

他是害怕听到那个答案吗？

事情发展成这样，他跟季明轩又该如何收场？

沈默靠在门边立着，心中一片茫然。就在这时，他听见外面传来季明轩的大喊声：“安安——”

沈默像被什么东西刺了一下，整颗心都提了起来，有一种无法形容的恐惧。

他忍不住回过头去看周扬。

周扬也正看着他。

他们在彼此眼中看到了惊惶之色。

周扬扶正了眼镜，喃喃道：“没事的，我了解安安的性格，她不会做傻事的。”

也不知是安慰沈默还是安慰他自己。

沈默急着去找季安安，不料脚下发软，几乎栽倒在地上。最后还是周扬扶了他一把。

因为这样耽误了一点时间，等他们循声赶过去时，电梯门正缓缓关上。沈默匆匆一瞥，看见季明轩面沉如水地站在电梯里，季安安闭着眼睛躺在他怀中，苍白的脸孔上毫无血色。

接着电梯门就彻底关上了。

沈默冲得太急，差点一头撞在门上。他定了定神，连忙按了下楼的按钮。正好旁边还站着几个看热闹的人，周扬便向他们打听了一下事情的经过。

“出什么事了？嗯，就是有人晕倒了。不过刚刚那个高个子的男人好像是她的家人，应该是送她去医院了吧。”

听说季安安只是身体不适，而非出了意外，沈默总算安心不少。他心中越是焦急，电梯就来得越慢，等他和周扬赶到楼下时，季明轩已经开车送季安安去医院了。

沈默也有开车过来，但不知季明轩去的是哪家医院，想追也没办法追。

倒是周扬找酒店借了身衣服后，又恢复成一派斯文模样，取出手机打了通电话。“对，季安安……给我查一下是哪家医院……”

事情闹得这么大，周夫人当然也听到了消息，匆匆从包厢里走了出来。她见周扬跟沈默站在一起，明显怔了一怔，但面上丝毫不露声色，只招手叫周扬过去。

沈默远远看见周扬走过去跟她说了几句话，接着就见那位周夫人勃然大怒，抬手给了他一个耳光。

周扬本来就挨了打，这下脸上更是五颜六色的，样子好不狼狈。

周夫人教训过儿子后，抿了抿嘴唇，朝沈默的方向看过来。跟秀美的外表比起来，她的眼神格外凌厉，像是能够噬人。

沈默从前或许有些怕她，现在却毫不在意了。他在酒店大堂里等了半个多钟头，终于知道季安安被送去了哪家医院。他不愿跟周扬同行，便自己开车赶了过去。

沈默一路上有些心神不宁。

他始终忘不掉季明轩的那一声大喊。印象中，季先生很少有这样失态的时候。他说季安安的身体不好，到底是差到什么程度？是受了刺激就会昏厥吗？

沈默一路开得飞快，差点闯了红灯，才到了医院门口。他一路找过去，最后在急救室外看到了季明轩。季明轩独自一人坐在长椅上，原本笔挺的西装变得皱巴巴的，看起来有种深深的疲倦感。

沈默不由得放慢脚步，一步步走了过去。季明轩像是有所感应，忽然回过头望了他一眼。

那眼神说不出的寂寥。

沈默顿了顿。

季明轩反而放松紧蹙的眉心，说了句：“你来了？”

沈默走过去问：“季小姐怎么样了？”

“还在抢救。”

“她……究竟是什么情况？”

季明轩指了指身旁的空位，道：“坐。”

沈默在他身边坐了下来。

季明轩调整了一下姿势，双手交叠着握在一处，像是陷入了许久之前的回忆中，过了一会儿才说："安安比我小八岁。我记得她出生的时候正好是春天，风吹在身上暖洋洋的，还带着一点花的香气。安安从小脾气就好，不哭也不闹，见了人就一个劲地笑。"

季明轩说到这里，脸上也露出了似有若无的笑容。

"安安长得特别像我的母亲。可惜她生下安安不久就过世了。"季明轩叹了口气，说，"她有先天性心脏病。"

他顿了一下，脸上的笑容淡下去，道："安安也遗传了这个病。"

沈默隐隐猜到一些端倪，现在听季明轩说出来，才知他为何这么宠着季安安。他从小失去母亲，唯一的妹妹又体弱多病，自然将满腔柔情倾注在了妹妹身上。

沈默不太会安慰人，想了想道："现今医学这么发达，心脏病也不是治不好。"

"是，安安很小的时候就动了手术，可惜效果并不理想，谁也不知道她什么时候会离开这个世界。"季明轩闭了闭眼睛，道，"我从小就想，无论安安想要什么，我都要竭尽所能地让她如愿。我要她每一天、每一分、每一秒，都过得开心快活。"

他恨不得倾其所有，将整个世界捧到妹妹面前。

可是……

"可是她要的偏偏是周扬。"季明轩轻蔑地笑了一下，"哼，周扬。我向来不喜欢周扬，不过无所谓，只要安安喜欢就好。本来周季两家联姻，是所有人乐见其成的，只是没想到……"

他瞧了沈默一眼，没再说下去。

沈默默默在心底补充一句，没想到出现了他这块绊脚石。

"虽然出了点意外，但周扬还算懂得取舍，既然他肯配合，我也不介意给安安一个假象。只要那是……"他声音有一些发颤，"能够令安安幸福的假象。”

然而这样的假象一旦被揭破，后果简直不敢想象。

沈默想到还没解释过今天发生的事，便简单说了一下事情经过。

季明轩静静听着，只在听到周楚的名字时皱了皱眉，最后道：“我知道了。”

他现在只关心季安安的身体，其他的事无暇顾及，只能等秋后算账了。

没过多久周扬也到了。他又换了身衣服，脸上的伤也简单处理过了，不知是出于愧疚还是真的担心，一来就问：“安安呢？”

季明轩冷着一张，并不正眼看他。沈默也不太想跟他说话。周扬好不尴尬，也不好意思坐下来了，只站在墙边等着。

气氛安静沉默，一分一秒都似煎熬。

好在季安安终于被推出了急救室，虽然还是昏迷不醒，但医生说她的病情已经稳定，暂时没有生命危险了。

季明轩去了一趟主治医生的办公室，出来后脸色阴沉得吓人。但无论周扬怎么追问，他都是一言不发，只是用冷冰冰的目光扫了周扬一眼，说了一个字：“滚。”

周扬当然不肯离开，不过怕再刺激到季安安，倒是没进病房，一直在外面守着。

沈默想到季安安是临时被送过来的，什么东西都没准备，便去买了点洗漱用品回来。

到了半夜里，季安安终于醒了过来。

沈默没敢进去，只隔着玻璃看见季明轩弯下身跟她说了几句话，然后动作轻柔地摸了摸她的头发。

季安安点一下头，慢慢阖上眼睛，重新睡了过去。

季明轩仍旧维持着那个姿势注视着她，过了很久很久，才轻轻替她掖好了被子。

有那么一刻，沈默由衷觉得，季安安定是他在这世上最爱的人。

之后季明轩出了病房。

周扬和沈默立刻迎了上去。

季明轩只对周扬说了一句话：“安安说了，她不想再见到你。”

接着就转头看向沈默。

沈默捏紧手心，有种等待宣判的错觉。

季明轩看了他一会儿才道：“我跟你说几句话。”

医院里也没什么适合说话的地方，两人最后找了个靠窗的角落站着。再过几天就是立春了，风里似乎能闻得到淡淡花香。

沈默的神经紧紧绷了一天，又没怎么休息过，这时候竟然有些走神。他想到若是季安安没出事，他跟季明轩过两天就要飞去那座小岛上了，他仿佛听到了沙沙的海浪声……

“沈默。”

是季明轩的声音将他拉回了现实。

沈默一下回过神来，问：“季小姐怎么说？她是不是……也不想见我？”

他早已做好了心里准备，季明轩却没直接回答，只是说：“你之前在酒店问我，是不是我把你的事告诉周家人的，我现在给你答案。”

沈默的心一跳，蓦然有种不祥的预感，慌忙道：“季先生，别说了，我不想知道了……”

季明轩轻轻拍了一下他的手。

十分寻常的一个动作，但是沈默觉得，季明轩再没有比现在更温柔的时候了。然后他听见季明轩道：“是我。”

半个月后，沈默同季明轩的律师见了一面。

那天在医院里，季明轩对他说出那句话的时候，他就已经预料到这一天了。无论那番话是真是假，他既然说出口来，就意味着两人不可能继续走下去了。

只是沈默怎么也没想到，季明轩竟不肯亲自出马，只叫了律师来跟他谈。

该说他太理智了还是太冷血了？

或者对季明轩来说，从头到尾都只是一份契约，现在契约作废，当然要用最妥当的方法解决。

季明轩的律师姓陈，是个相貌堂堂的年轻人，一副专业人士的派头，握着沈默的手作自我介绍。

沈默跟他寒暄过后，开口就问："季先生呢？"

"去国外了。"陈律师一边从公文包里取出文件，一边说，"季小姐的病情一稳定下来，就转去国外治疗了。"

沈默始终没再见过季安安。现在打听到了她的消息，也算是放心一些。

陈律师将带来的文件一份份递到沈默面前，道："沈先生，根据您当年和季先生签订的协议，这些都是您应得的部分。"

沈默随意扫了一眼，是一些股票和不动产，他虽然没什么概念，却也知道肯定是价值不菲了。

季明轩真不愧是生意人，什么都是明码标价。

沈默漠然地翻完那些文件，道："季先生真是慷慨。"

陈律师微笑着附和道："向来如此。"

他行事如此老练，想来也不是第一次替季明轩处理这种事宜了。沈默没再想下去，拿起笔问："我是不是只要签名就行了？"

"是的。另外季先生也说过，您若是有其他要求，尽管提出来就是了。不过，"陈律师环顾一下四周，道，"这栋别墅是季小姐从小长大的地方……"

沈默立刻会意，说："我明白，过几天会收拾东西搬出去住的。"

他如此知情识趣，陈律师也轻松不少，指了指桌上的文件，道："季先生出手大方，有几处房产的结构布局都不错，等办完了手续之后，沈先生随时可以住进去。"

沈默点点头，低下头去签名。

他签名签到一半，听见陈律师说："对了，季先生说他从前送给您的东西，当然也都归您所有，只是有一样他希望能够要回来。"

沈默抬头问："是什么？"

车？

还是别的？

无论哪一样沈默都无异议，但是陈律师却说："是锦绣山庄的那套房子。"

沈默的手一颤，签字笔在纸上划出长长的一道痕迹，他却浑然不觉，只是睁大了眼睛问："你说什么？什么房子？"

"沈先生不知道？"陈律师比他更惊讶，低头翻看了一下资料，然后笃定地说，"大约三年前，季先生将他在锦绣山庄的一套房子，转到了您的名下。"

锦绣山庄这个名字，沈默曾听人提起过几次。

第一次是赵奕，将他误认为了住在锦绣山庄的那个人。第二次是司机老张，说季明轩喝醉后嚷着要去锦绣山庄。

不用想也知道，这锦绣山庄的房子，必然对季明轩来说十分重要。现在怎么会莫名其妙地到了他的名下？

无论如何，这锦绣山庄肯定有古怪。

沈默转了转手中的笔，对陈律师道："我想过去看看，能不能给我钥匙？"

陈律师一愣，但仍旧维持住专业的微笑："钥匙不是应该在沈先生手里吗？"

沈默这才转过弯来。

是，季明轩既然送他一套房子，当然不会不给钥匙，但是他怎么毫无印象？

三年前……

正是他记忆最为模糊的那段时间，倒不是因为记性不好，而是他当时心灰意冷，对许多事情都不上心。每天看着太阳升起来，一转眼又天黑了，简直不知道日子是怎么过去的。

季明轩就是那个时候送他的房子？

沈默自己也无法确定。不过他这几年一直住在这幢别墅里，如果真有钥匙，肯定也不会在别的地方，所以等谈话告一段落，送走了陈律师后，他就开始翻箱倒柜地找了起来。

他本身是个恋旧的人，许多东西都舍不得扔掉，这么一翻，倒是翻出不少乱七八糟的。比如几年前用过的手机，泛黄的日记本，还有一些信手的涂鸦。最后在抽屉的角落里，发现了一个已经积了灰的盒子。

是那种常见的礼物盒，盒盖上还贴了个可笑的蝴蝶结。

沈默看到后愣了一秒钟。

他对这个盒子有印象，记得是有一次他过生日，季明轩来他住的出租房看他，顺便把这个送给他的。季明轩送得随意，他也收得随意，甚至想不起有没有打开过了。

可能随手就塞进了抽屉里，也可能看了却没放在心上。他只记得过后不久，他房租到期被赶了出来，无家可归的时候被季明轩领了回去，然后就有了那份契约。

沈默仔细一想，发现时间线有点矛盾。

也就是在签约之前，季明轩已先送了他一套房子？这算什么？付的定金吗？

他打开盒子一看，里面果然放着一把钥匙。旁边还附了一张纸条，写了锦绣山庄那套房子的地址。字迹他很熟悉，确实是季明轩写的。

沈默轻轻捏住那把钥匙，决定这就过去看一看。

锦绣山庄的地段极好，虽然是在市中心，但是闹中取静，靠一条林荫大道与市区的繁华隔离开来，别有一种清幽静谧的味道。

沈默开车过去，循着地址找到了季明轩那套房子。

虽然过了三年之久，不过好在门锁没有换过，沈默开了门进去，见是一套四居室的房子，装修得很精致，到处都干干净净的，像是有人时常在打扫。

厨房和客厅的家具一应俱全，主卧和客房也都布置好了，衣柜里有几套衣服，都是季明轩的尺寸，想来他偶尔会在这里过夜。除此之外，并没有其他人生活的痕迹。

一切都是再平常不过的。

沈默有点泄气。

像是一个人等着揭破一个尘封已久的秘密，结果发现自己扑了个空。

还剩下书房没有看过，沈默不抱希望地推开那扇门，只看一眼就呆住了。

书房被改造成了画室的样子，是整套房子里采光最好的，地上胡乱铺着各种绘画工具，墙上则挂满了各式各样的画。

有风景的，有人物的，有随手涂抹的草稿，也有精心装裱过的，但所有的画都是同一种风格，落款处的签名也都是同样的两个字。

——沈默。

第六章

手指钻心地疼。

沈默挨不住那种痛，被迫从昏睡中清醒过来。他惶然地睁开眼睛，入目的尽是白惨惨的颜色：白的墙壁，白的床单，白的纱布……他茫然了一会儿，才意识到自己是在医院了。他回想起昏迷前发生的事，身体本能地缩成一团。

他在回家路上遭遇绑架。废弃的旧仓库里弥漫着一股霉味，无止尽的毒打与折磨将时间拖得格外漫长，沈默的头被按在地上，透过爬满蜘蛛网的窗子，看着天色一点点暗下去，然后又由那无边的黑暗中透出一丝微光。

即使是意识不清的时候，他也一遍遍叫着周扬的名字。

但那个人始终没来救他。

“周扬……”

沈默在被子里瑟缩一下，不自觉地又叫了一声。他的右手缠着厚厚的纱布，痛得几乎要失去知觉，他想起那个脸上带疤的男人一根根踩断他手指时，曾笑着说周扬绝对不可能出现。

他跟青梅竹马的女友一起去了国外，因此无论打多少遍电话，也是无人接听。

手指被硬生生踩断的声音依然在耳边回荡，沈默闭了闭眼睛，那声响又变作了开门的声音。

病房的门推开后，走进来一个高大的男人。

沈默以为是周扬，一抬头却看到陌生的一张脸。他心头一空，说不出是种什么滋味，只是突然觉得不再害怕了。

有什么比他刚经历过的一切更加可怕呢？

那个人年纪很轻，脸孔十分英俊，眼神却冷得似冬日的夜。他用一种审视的目光打量沈默，道：“醒了？”

沈默没有做声。

那个人接着道：“医生说你已脱离危险期了，只有右手的伤最严重，以后可能会留下后遗症。”

沈默终于有了一丝反应，他嘴唇动了动，却不是关心自己的手，而是吐出两个字：“周扬……”

那个人的眼神仿佛更冷了些，“周扬人在国外，跟我妹妹在一起。”

他顿了一下，说：“我妹妹是季安安。”

沈默登时明白过来，是跟周扬青梅竹马的季小姐。那么眼前这个人……就是季小姐的哥哥？他不由得朝那人看过去。

对方也正静静望着他。

“忘了自我介绍，”那人抬手整了整领带，说，“我姓季，季明轩。”

沈默自那天得知周扬的消息后，整整三天没再说过话。第四天季明轩来病房看他，他突然开口道：“我想给周扬打个电话。”

季明轩微不可察地蹙一下眉，但依然点头道：“可以。”

沈默已经能从病床上坐起来了，不过他一只手裹着纱布，另一只手打着点滴，根本没办法拨电话。季明轩亲自帮他拨通周扬的电话号码。

沈默十分冷静，从头到尾只跟周扬说了三句话。

“是我。”

“我们绝交吧。”

“没有原因，就是合不来而已。”

而后不顾周扬在电话那头追问缘由，目光平静地看向季明轩。

季明轩会意地掐断电话。他端详沈默一阵，问：“这么轻易就跟周扬绝交？”

沈默看向自己的右手，像事不关己一般说：“他们折磨我的时候说，我若继续跟周扬来往，下次出事的就是我的家人。”

季明轩揉一下眉心，拖过椅子在病床边坐下了，说：“绑架你的歹徒已被抓捕归案，等你身体好一些，警察会找你做笔录。”

沈默点头说“好”，问：“那天……是季先生救了我吗？”

季明轩停顿数秒，然后说：“不是。多亏你出事前报了警，警方及时赶到。”

沈默又问：“季先生为何替我支付高昂医药费？”

“周扬跟安安走了，算是一点补偿吧。”

沈默跟季明轩本就是陌生人，说完这些就无话可说了。季明轩略坐一会儿便走了，之后派他的助理来看过沈默几次，他本人则没再出现过。

一个月后，沈默病愈出院。

除了右手不能自如使用，其他伤口都只留下淡淡痕迹。但他每晚都做噩梦。

他梦见自己在黑夜中奔逃，身后追赶的脚步声越来越近。他不断拨打着同一个电话号码，但电话那头是嘟嘟的忙音，永远无人接听。终于自黑暗中伸出一只手来，狠狠捉住他的脚踝，将他拖进无边地狱。

沈默从梦中惊醒，不由得大叫：“周扬！”

小小的出租屋内空荡荡的，甚至能听见回音。房子是他跟周扬一起布置的，处处留有周扬的痕迹，但他知道，那个人再也不会回来。

沈默开始整夜整夜地不睡觉，一闭上眼睛，就仿佛回到那间废弃的旧仓库，他不停求救，但始终没有人来救他。

他原本已找到一份绘画相关的工作，但既然右手废了，工作也就黄了，好在家中还有一些面包方便面可以充饥。他每天熬到坚持不住才昏睡过去，醒来就看着窗外发呆，日升日落对他来说毫无意义，他甚至不知道时间过去了多久。

似乎只是短短几天，又似乎一辈子也不过如此。

那天刚下过一场雨，雨过天晴，空气格外的清爽。沈默刚拆了一袋面包打算吃着，就听见门铃声响起来。他很久没接触过外人了，思绪变得有些迟缓，过了一会儿才去开门。

门外站着一个高高瘦瘦的男人。他背光立着，面容看上去模模糊糊的，有些不太真切。

但沈默麻木已久的心仿佛突然活过来，几乎就要跳出喉咙。他把右手藏到身后，像是怕吓着了对方似的，很轻很轻地叫他："周扬。"

那人怔了怔，道："我不是周扬。"

沈默眨一下眼睛，仔细地看着他，说："你不是周扬是谁？"

边说边将他拉进屋子里。

房间好几天没打扫过了，到处又脏又乱，沈默忙得团团转，才收拾出一小块能坐的地方，道："你不是说只出去几天，怎么过了这么久才回来？"

但周扬究竟去了哪里？又是过了多久才回来？他竟然想不起来了。

那人并不坐下，只抱着胳膊打量沈默，又重复一遍："我不是周扬。"

他从兜里取出一块手表，道："有人在那间旧仓库捡到这个，我猜应该是你的东西，所以顺便送过来。"

沈默认出那是周扬送他的手表，连忙接过来重新戴上了。可他依然想不起什么时候弄丢的手表，只是想一想，右手就隐隐作痛。

他不敢再想下去，瞥见桌上刚拆封的面包，便拿过来道："你是不是还没吃饭？一起吃吧。"

那人见了这面包，顿时脸色一变，捉住沈默的手道："你吃发霉变质的东西？”

沈默被他捏得手腕发疼，不由自主地瑟缩一下，想起来周扬并不爱吃这些东西。“我记得冰箱里还有些菜，我去给你下碗面吧。”

他说着挣脱那人的手，但刚往厨房走了两步，就觉一阵头晕目眩。他站立不稳，差点摔在地上，幸亏那人眼疾手快，及时扶住了他的胳膊。

沈默颇有些不好意思：“可能是我昨天睡太晚了。”

他又一次低声的叫：“周扬……”

那人这回没再纠正他，只是说：“如果我今天没来，你恐怕会饿死在这间屋子里，等几天后上报纸头条。”

可是他还有面包吃啊。

沈默这样想着，还没出声反驳，那人已拖着他往屋外走去。他力气大得很，沈默怎么也挣不开，只好跟着他走了。

他被带到一辆车里，有个助理模样的人买了热气腾腾的粥回来，沈默被监督着喝下了一大碗。

他心中觉得奇怪。阳光那么好，不知为什么，所有人的容貌都是模糊不清的。当然周扬例外，即使在人群中，他也能一眼认出周扬。

吃完粥后，他被那人带去了医院。同样面容模糊的医生问了他一些问题，有些答起来很容易，有些却令他觉得莫名其妙。答完后，他又被拉去做了些检查，那人跟医生讨论了一下他的病情，最后配了一大堆药回家。

沈默拨弄着那些药瓶说：“我没生病。”

那人用眼角扫他一眼，平心静气地说了两个字：“吃药。”

沈默不知为什么，竟然不敢违逆他的话，他乖乖倒水吃了药。那人终究没在屋子里坐一坐，等沈默一吃完药，他就打开门准备离开。

沈默追上去问：“周扬，你要去哪里？”

那人脚步一顿，回过头来看牢沈默，说：“我今天只是刚好路过，以后也不会再来了。”

沈默一阵茫然。

那人似乎犹豫了一下，慢慢伸出手来，手掌贴向沈默的脸颊，却并未碰着他的脸，一字一句道："周扬当然也不会来。是继续逃避还是清醒过来面对现实，你自己选吧。"

说完收回手去，转身就走。

沈默一路追下楼去，眼看着那人上了车，终于再也追不着了。他不明白发生了什么事，周扬为什么要离开？

他右手又痛起来。

沈默急忙用另一只手握住了。

天气只晴朗了一个下午，到晚上再次淅淅沥沥地下起雨来。沈默没有回出租房，只在楼下的过道里站着，心里空荡荡的，不知在想些什么。

雨虽然下得不大，但还是很快打湿了他的衣服。沈默缩了缩肩膀，固执地不肯离开。

他一晚上没睡，到天快亮时，才靠在墙边坐了下来。有早起上班的人陆陆续续从他身边经过，看他的眼神像是在看疯子。

沈默也不禁想，他是不是疯了？

这一天还是阴沉沉的天气，雨不大，但缠缠绵绵地下个不停。沈默的头发也全湿了，不断往下滴着水，他这时候倒不觉得冷了。他甚至不知道自己在等什么，只是一心一意地等待着。

下午有一辆车开过来，在楼道对面停住了，沈默抬头看了一眼，复又低下头去。

快黄昏的时候，雨反而下得大起来。沈默头顶的一点点屋檐完全挡不住雨了，他还是一动不动，连站起来的念头也没有。

那辆车同样停在对面没动。

等到天彻底黑下来时，车门突然打开了。

从车上走下来一个人。

沈默看他撑着伞越走越近，似乎听见了自己心跳的声音。

那人最终在沈默跟前站定了，一言不发地望着沈默。

沈默站起来叫道：“周扬！”

那人的身体微微一僵，过了许久许久，才轻轻叹息一声。

沈默淋了一天的雨，到晚上果然发起烧来。他烧得神志不清，隐约知道有医生到家里给他打了退烧针。他在睡梦中不断叫着周扬的名字，印象中有那么一天，他也曾这样叫过周扬，但周扬始终没有出现。

而这一次，有人坐在床边，牢牢握住了他的手。

沈默身体虚弱，病了好几天才恢复过来，等他能够起身下床时，家里已经焕然一新了。原本乱七八糟的客厅被打扫得干干净净，冰箱里塞满了新鲜的蔬菜水果，一些老旧的家具也都换过了。周扬纡尊降贵地坐在沙发上，指挥家政煮粥给他喝。

沈默走过去道：“周扬。”

那人含糊地应一声，取过桌上的几瓶药说：“这两瓶是饭后吃的，一天两次，每次两片。这瓶是每晚睡前吃的，一片就够了。还有这瓶是……”

他把每种药的吃法都交代完了，然后说：“你每天按时吃药，我三天后过来，带你去医院复诊。”

沈默只记住了最后那句话，问：“你现在要走？”

“对。”

“不住下来吗？”

那人静了一会儿，说：“我有工作要忙。”

“可是以前……”

沈默话没说完，那人的手机就响了，他接起来听了几句，淡淡道：“明白了，我这就回公司。”

他挂断电话后，又转头叮嘱沈默一句：“记得吃药。”

沈默动了动嘴唇，还有许多话要讲，但终究没有说出来，只是目送着他离开了。家政煮完粥后也走了，沈默一个人喝了粥吃了药，接下来无事可干，只好继续看着窗外发呆。

他不明白周扬为什么要离开。

但是没关系，他说三天后会过来的，不是吗？

之后几天，家政按时过来给沈默做饭，到了第三天，那人果然如约而至了。沈默简直不知道时间是怎样过去的，只有见到了他，面上才有了些生气。

那人还是一样冷淡，先问了他有没有吃药，随后就开车载他去了医院。沈默这次没再做一堆检查，只是跟医生天南地北地聊了聊，复诊就算结束了。临走前他听见医生跟那人说：“是心理创伤后的应激反应，只能慢慢治疗了。”

沈默觉得奇怪，他明明没有生病啊。

回去的路上，他试着聊了好几个话题，都被那人不冷不热地敷衍过去了。沈默不明白周扬为什么变了这么多，以前他们在一起的时候……

沈默恍惚了一下，他最近记性变差，以前的许多事情都想不起来了。

他昨天晚上又没睡着，这时阳光正好，车开得又快又稳，他不由得有些犯困了。但他不敢睡觉，强撑着眼皮看了那人一眼，又看一眼，看着看着，就不知不觉地睡了过去。

他梦见无边的黑暗。

有无数双手从地底下伸出来，死死捉住了他，将他按在地上，一点一点碾碎他的骨头，把他的每一滴血每一块肉吞噬殆尽。

“啊——”

沈默从噩梦中惊醒过来，发现天已经黑了，车子停在不知名的路口，而那人的脸近在咫尺，正认真地盯着他看。

沈默出了一身冷汗。

梦中的一切太过真实了，像是曾经真的有过那么一次，他被活生生地撕成碎片。

那人伸出手来，微凉的手指轻轻揩去他鬓边的汗。

沈默身体一颤，说：“抱歉，我不小心睡着了。”

那人问：“你做噩梦了？”

“是。”

“经常吗？”

“……偶尔。”

沈默大抵是不擅长说谎的，那人立刻就拆穿了他的谎言：“你脸色这么差，是因为晚上都不敢睡觉？”

沈默徒劳地否认：“不是的……”

那人却不再多话，直接发动了车子。

沈默注意到他开车的路线不对，他再次紧张起来，说：“周扬，你开错方向了。”

“没有错。”

“我们这是去哪里？”

“回我家，你不适合一个人住在那间屋子里。”

沈默向来是温顺的，人人都说他脾气好，但他这时却惊叫起来：“不行！”

那人问：“为什么？”

沈默说：“不行，我要留在家里，等……”

等什么呢？等周扬？可是周扬已在他身边了。

他脑子里乱成一团，只知道必须等下去。他忘了行驶中的车多么危险，差点扑上去抢方向盘。

那人只好刹停车子，回过头凝视沈默。

沈默对望回去，毫不退让。

那人只好妥协道："好，我们回家。"

折腾半天，他们最后还是回了小小的出租房。这房子是他们毕业后租的，周扬跟他一起布置的，沈默不明白他怎么突然就不喜欢了？

他们晚饭叫了外卖，吃完后那人没走，而是抱了被子睡在沙发上。

沈默愈加迷糊了。"为什么不睡房间里？"

那人没搭理他，只是招了招手道："过来吃药。"

沈默就乖乖吃了药。

晚上睡觉的时候沈默没关卧室的门，房门正对着沙发，这样他一眼就能看到周扬了。道过晚安后，他关了灯，躲在被子里悄悄看向那人。

沙发是太小了，那人身高腿长，睡在沙发上像随时会掉下来。他在沙发上翻来翻去，沈默的目光便也跟着来来回回。

那人察觉到了他的注视，朝房间里望过来。

沈默忙闭上眼睛装睡。过了一会儿，他听见那人自言自语般地问："究竟在你眼里，是所有人都像周扬呢？还是只把我认作他？"

沈默觉得好笑，怎么周扬说起话来颠三倒四的？他睁开眼睛，笃定地说："当然只有你是特别的。"

那人弯起嘴角，仿佛在黑暗中笑了一下，但丝毫听不出笑意。

沈默莫名心慌，叫道："周扬？"

那人过了很久才应他，声音比任何时候都要温和："睡吧，我在这里。"

沈默果然一夜好睡。

第二天醒来的时候，那人还在沙发上睡着。他一只脚架在沙发上，另一只脚落在地上，被子只盖到腰间，身上的衬衫皱巴巴的。沈默这才发现他没换睡衣，就这么凑合着睡了一晚。

沈默怕吵醒他，轻手轻脚地进了厨房。他右手的伤还没好，用起来不大灵活，不过下两碗面足够了。等他把面端上桌时，那人已经起来洗漱过了，正打电话叫人送替换的衣服过来。

沈默就坐在桌边等着。那人挂断电话后，也跟着坐下来吃面。

沈默边吃边问他：“好吃吗？”

他抬了抬眼皮，面无表情道：“一般。”

却三两下把面吃完了。

沈默心里说不出的高兴。

那人工作确实是忙，吃完面换过衣服后就去公司了。但每到沈默复诊那天，他总会按时出现。刚开始只有当天晚上会留下来过夜，后来他发现沈默几乎每晚都会做噩梦，留下来的时间便渐渐多了。

客厅里的小沙发很快升级成了沙发床。那人有时候会坐在那里处理公事，有两个助理专门为他工作，他们都叫他“计先生”。沈默有些搞不懂这是个什么头衔，他也分不清那两个助理的长相，不过没关系，只有周扬是特别的。

他时常安静地坐在旁边看他工作，只是瞧着他英俊的侧脸也觉得踏实。

有那人每晚陪着，他已经不怎么做噩梦了，每天吃好睡好，竟然还养胖了一些，右手的伤也逐渐痊愈了。

沈默就琢磨着要出去工作。他本来是找好了一家公司的，是绘画相关的行业，但因为右手的伤耽误了。

好在他还会画画。

他也只会画画而已。

沈默的画具好久不用，藏在柜子里都已积灰了，这天等那人去上班后，他翻出来整理了一下，想着画点什么好呢？

他原本是想画周扬的，但不知道为什么，周扬的脸在他心里始终像蒙着一层雾，模模糊糊地看不真切。

算了算了，沈默想，等周扬回来了叫他做模特。

沈默考虑了半天，最终决定画客厅里的沙发床。他一边哼着歌一边准备工具，一切都是平静而美好的，直到他握住那支笔。

已经伤愈的右手狠狠抽痛一下，他的手一松，画笔就落在了地上。

沈默连忙弯腰去捡，但是怎么也抓不住那支笔了。手指痛得像是要碎裂开来，沈默咬了咬牙，脑海里蓦地闪过一些画面。

他被按在地上，一个刀疤脸的男人踩住他的手，一边狠狠碾下去，一边大笑着说了些什么。

接着画面变成了医院的病房，陌生的男人对他说了相似的话，又说他右手伤得严重，可能会留下后遗症，影响到日常生活。

究竟发生了什么事?

他的手是怎样受伤的?

沈默茫然地倒在地上，因为右手的疼痛而蜷成一团。他喘息片刻，仍旧试图去握那支笔，刚刚握住了，手指就不受控制地颤抖起来。

太疼了。

他只好松开了再握，如此反复数次，终于彻底放弃了这无意义的举动。

他还是什么也想不起来，但心中已经知道，他是再也不能画画了。

沈默在地板上躺了好久，久到太阳落山，外头响起了开门的声音。

是周扬回来了。

沈默总算恢复了一些力气，急着站起来收拾东西。他不想让周扬知道这件事。但刚收拾到一半，他熟悉的那个人就已经推门而入。

那人目光一扫，问：“你在干什么？”

“没什么，我……打扫一下屋子。”

沈默把画具抱在怀里，想一股脑儿塞回柜子里，但手忙脚乱间，反而撞上了桌角，怀里的东西全都摔在了地上。

一地狼藉。

尤其画笔更是滚了满地。

沈默心慌意乱，怕被周扬看出点什么，弯下身用左手一支支捡起来。心里想着，等捡完了就再也不碰了。他一直低着头，越到后面动作越慢，捡到最后一支笔时，那人忽然抬脚踩住了。

沈默呆了呆，不知道该不该捡。

而那人已经伸出手来，轻轻捏住他的下巴，强迫他抬起头。

四目相对，那人的眼神狠狠震了一下。

沈默觉得奇怪，问："怎么了？"

那人没有说话，只是那么望着他。

沈默似有所觉，抬手摸了摸自己的脸，竟摸到一手湿凉。

沈默自知失态，胡乱用手抹了把脸，掩饰道："我下午好像睡得太多了……"

那人深深看他一眼，眸色沉得看不出情绪。过了一会儿，才俯身捡起最后那支笔，塞进沈默手里。

沈默的手指不自然地弯了弯，虽然勉强握住了那支笔，却疼得脸色发白，求饶似的叫："周扬……"

那人一松开手，画笔又掉在地上。

他盯着沈默问："会痛？"

沈默缓了口气，习惯性地将右手藏到身后，说："应该是我手上的伤还没好，等好了就没事了。"

他想了想，又道："就算好不了也没关系，最多以后不再画画了，我还能找别的工作。做销售或者做保险都可以，说不定赚得还多些。"

那人始终没有接话。

沈默自言自语完了，就匆匆躲进了厨房。他用冷水洗了把脸，等心情平复下来，才从冰箱里翻出食材，简单地炒了几个菜。

晚饭吃得异常沉闷。

两人各有心事，都没怎么开口说话。吃过饭后，那人开电脑发了几封邮件，之后就躺在沙发上睡觉了。沈默睡在卧室里，透过敞开的房门看向沙发上那道身影，见他一直翻来覆去的，似乎整晚都没睡好。

沈默也是睡睡醒醒，第二天起来没什么精神。但他心中已有了主意，将所有跟画画相关的东西锁进了柜子里，自己出门去找工作了。

他的病还没好，认不清别人的脸，做不了销售保险类的工作，但其他的活倒是好找，不过两天功夫，就在附近超市找到一份理货员的工作。他做的是兼职，也不必签什么合同，跟老板谈妥了工资就可以上工了。

沈默做事细心，又肯吃苦，第一天试工就挺让老板满意。他中午也没回家，跟同事们一块吃了工作餐。

下午他正站在货架前理货，突然听见有人叫他："沈默！"

那两个字叫得又快又急，像是藏着某种难以形容的感情。

沈默认得这声音，回头一看，果然是周扬。

"周扬，你怎么来了？"

那人没穿外套，衬衫的袖子卷了起来，领带也扯松了，与平日淡漠冷静的样子大不相同。他大步走到沈默跟前，一句话也没说，只牢牢望着沈默。

沈默惊讶道："怎么了？"

那人低声叫他名字："沈默？"

"嗯。"

"沈默……"

"嗯，是我。"

"沈默。"

沈默听见扑扑的心跳声，分不清是他的还是自己的。

那人闭了闭眼睛，很快克制住自己的情绪，低头看了看沈默的脸，问："你在这里干什么？"

“工作啊。我找了份理货员的工作，今天第一天试工。”

那人的表情像在压抑着什么，冷冷道：“出门连张字条也不留？”

沈默“啊”了一声，这才明白发生了什么。“你以为我不见了？”

他小心翼翼问：“你……一直在找我？”

那人没承认也没否认，只是说：“你的病还没好，以后别到处乱跑。”

沈默注意到他气息微乱，额上也渗出了一点汗，不知是找了多久才找到这里来。他忙应了声好，问：“你平常不是忙得很，今天怎么……？”

那人瞧一眼他的右手，说：“正好有空，中午回了一趟家。”

沈默猜想他是在担心自己。

其实没什么大不了，他仅仅是不能画画而已，在超市打工不也挺好？

沈默的工作还没结束，那人也没强行带他回去，只在外面的车上等着。有时候沈默干完活一回头，总能看见停在超市对面的那辆车子。

他到下午三点就下班了，离开时同事们看他的眼神多少有些异样，先前周扬跑来找他的那一幕，不少人都看到了。沈默有点心烦，不知道明天还能不能来上班。

回家后吃过晚饭，那人照旧睡在沙发上。

沈默忙了一天，很快就觉得困了。那人却还是在沙发上翻来翻去，翻到最后，干脆翻身而下，一步步走进房间里来。

沈默困得迷迷糊糊的，拍了拍身边的空位，大方邀他同睡。

那人只是在床边坐下了，声音在夜色中异常低哑：“我看过你的画了，画得确实不错。”

沈默笑笑说：“那是当然的。”

那人说：“你把超市的工作辞了吧。”

沈默有些不乐意：“为什么？”

那人在黑暗中摸索着寻到他的右手，却只握住他一点点指尖，低声说：“咱们把手治好了，继续画。”

那人说到做到，很快就联系好了最顶尖的医院，最一流的专家。沈默辞掉了超市的工作，又开始频繁出入医院，专家会诊的结果是，他的手需要再动一次手术。

沈默倒不怕这个，现今医学这么昌明，这点小手术没什么好担心的。周扬反而比他更紧张。

当然他没有直接表现出来，面上始终是那副冷淡的表情，只是手术前一晚，在他病床边来回走了几遍而已。

沈默被他晃得头晕，探过去握他的手，发现他手上的肌肉绷得死紧。而他还安慰沈默道："别怕。"

"我没怕啊，"沈默好笑道，"不过是个小手术而已，成功了当然好，失败了也不可惜。"

那人捏了捏沈默的手，在他床边坐下来，看着他道："我有时真想不明白你。"

"嗯？"

"脾气软得像是谁都可以欺负，可一旦固执起来，却又倔强得要命。"

沈默佯装生气："这句话是褒还是贬？"

那人难得笑了一下，说："你猜呢。"

沈默一直握着那人的手，察觉到他的肌肉仍有些僵硬，便柔声道："不用太紧张，等明天这个时候，手术就已经结束了。"

"没事，我只是不太喜欢医院而已。我母亲……"

"怎么？"

那人转开眼睛，没有说下去，只道："这个以后再说吧，你今天先好好休息。"

"嗯。"

沈默心情放松，这一夜也睡得不错。

第二天的手术十分成功。

不过这仅仅是治疗的第一步，为了方便治病，那人又提过一次从出租房里搬出来。但沈默在这件事上格外坚持，怎么都不肯妥协，那人也就没再勉强了。

沈默隔一段时间就要去医院做复健，每天还有一堆药要吃，尤其是中药，味道诡异得难以下咽。若不是有那人在身边陪着，他真不知能不能熬过去。

天气渐渐凉起来，沙发上的薄被也已换成了厚被子。

沈默是怕寒的体质，到冬天手特别容易凉。那人知道这一点，每天吃过饭后，便取了药酒按摩他的手。由指尖开始，一根手指一根手指地按过去。这件事十分繁琐，往往要费上许多时间，那人却从来不厌其烦。

沈默有时也觉得疑惑，周扬从前是这样的性格吗？

外表冷硬得像是铁石，要真正敲开那个壳，才知内里是怎样的温柔。

但真要他回忆从前的周扬，他又有些想不起来了。算了，反正周扬就在他身边，还有什么可想的？

沈默暗笑自己多心，见那人正专注按着他的手指，便忍不住叫：“周扬。”

那人没有应声。

他常常这样，沈默早已习惯了，接着道：“你说我的右手真的能治好吗？”

“当然，”那人头也不抬，道，“只要坚持下去，必然会有回报的。”

沈默笑笑。

那人常说他固执，其实他也是一样。

“周扬，”他低头瞧着那人俊朗的侧脸，轻轻叫他名字，“等我的右手痊愈了，能重新开始画画的时候，第一个就画你，好不好？”

那人的动作顿了一下，又继续下去，将沈默的手指一根一根按过了，再拢在掌心里搓了搓。

沈默觉得指尖也热起来。

那人垂着眼睛，始终没有抬头看沈默一眼，只是专心致志地盯着他的手，过了一会儿才答他：“……好。”

第七章

天气越来越冷，时间渐渐接近年底，除了无所事事的沈默外，所有人都开始忙碌起来。那人的工作尤其忙，连着几个晚上夜不归宿了，不过他对沈默的右手十分上心，无论如何总会抽出时间陪他去做复健。

那人提前打过招呼，说是过年时要陪伴家人，只能跟沈默一起过圣诞了。

沈默自然没意见。他对这些所谓的节日并不在意，过不过都无所谓，但那人既然提到了，他便也动了一点心思。

到了圣诞那天晚上，沈默特意炒了几道拿手菜，又配上了一瓶红酒。他记得周扬的酒量……嗯，他记不清了，应该不是特别好吧?

那人当然也提前下班了，回来看到满桌子菜，脸上表情并没有什么变化，只慢慢坐下来开吃，一副要把整桌菜消灭的架势。

沈默主动给那人倒了酒，问："你打算什么时候走？"

他说过要去国外陪家人。

"再过几天吧，等忙完手头的事情就走。"那人手上的筷子不停，看了看沈默道，"你一个人在家……"

"没事，"沈默想了想说，"我正好也想回一趟家。"

那人点点头："应该的。"

又说："我让人给你订车票。"

"不用了，就在隔壁市。"

沈默边说边继续给他倒酒。一瓶红酒下去，那人脸不红心不跳，反而沈默自己喝得有点晕乎乎的。而且这顿饭吃得一点情趣也没有，因为那人太执着于吃光他煮的菜了，从头到尾都在埋头苦吃，沈默只后悔没备点胃药。

这一顿饭吃完，紧接着就是新年了。

接下来那人只抽空陪沈默吃了几顿饭，就匆匆飞去了国外。不过他毕竟放心不下，叫助理过来看了沈默几次，还替沈默订好了回家的车票。

沈默当面谢过了那人的助理，转头却将车票锁进了抽屉里。

他没有回家，在出租房里一直住到年末。

31号那天，他早起做了一次大扫除，把家里打扫得干干净净。下午空下来时，才拨了一通电话。

电话只响了两声就有人接，那头传来一道熟悉的嗓音，沈默忍不住叫道："爸……"

那头安静了一会儿，接着"啪"的一声挂断了电话。

沈默呆呆握着话筒，听见里面传来"嘟嘟"的忙音。他隔一会儿再打过去，这次再也没有人接电话了。

沈默眼框发红，默默挂上了话筒。

高中毕业后，他一心想跟周扬一起画画，但是父母并不同意，当时事情闹得很大，他差点被打断腿，之后就被父母赶了出来，再也回不了家。

不过他并非一个人，至少还有周扬陪着，不是吗？

沈默调整一下情绪，重新拿起抹布，把打扫得纤尘不染的地板又擦了一遍。

时间很快到了晚上。沈默懒得张罗吃的，就煮了一碗面，边看电视边吃了，然后守在沙发上等零点。

快半夜的时候，鞭炮声陆陆续续响了起来，沈默的手机铃声也响了。沈默扑过去接，是一个陌生的号码，传来的却是令他安心的嗓音。

"睡了吗？"

“没睡，在等零点。你呢？”

“还在吃晚饭。”

沈默“哦”了一声，想起来是有时差，问：“在国外过年好玩吗？”

那人还是冷淡的口吻，说：“没什么意思。”

两人随便聊了些话题，那人冷不防问：“沈默，你现在在哪里？”

沈默脱口道：“在家啊。”

那人又问：“一个人？”

沈默眼皮一跳，看了看孤零零的屋子，桌上吃了一半的面，尽量让自己的声音显得欢快：“我回老家了，我爸妈都在呢。”

他是不会说谎的人，怕自己露了馅，正好鞭炮声越来越响，他急急忙忙道：“爸妈喊我去放鞭炮了，我先挂了。”

那人没有接话，只是用一种奇特的语气叫他：“沈默。”

沈默直觉他要说些什么，屏息以待。

过了许久，那人的声音随着十二点的钟声响起来，却仅是说了句：“新年快乐。”

沈默回他：“新年快乐。”

心中有些惆怅，却又有点儿说不出的开心。

沈默挂了电话后就睡下了，是睡在那人平常睡的沙发上，梦里面全是他的影子。他睡得晚，第二天醒得也晚，是听到敲门声才醒过来。

沈默一个激灵，想不明白谁会这个时候来敲门，他迷迷糊糊地起身去开门。

门开了。

就像做梦一样，他思念的那个人正站在门外。

沈默一时愣住了，站着没说话。

那人也不出声，像是第一次见到他似的，将他从头到脚扫了一遍，最后视线落回他脸上，问：“你一个人过的年？”

什么叫自作自受？就是说了一个谎后，不得不说更多的去圆。

沈默解释不了这件事，只好硬着头皮道：“是啊。我爸妈……临时决定去旅游，我就提前回来了。”

那人点点头，不知是信了他蹩脚的谎话，还是根本懒得拆穿他。他走进来看了看桌上还没来得及收拾的面碗，问：“你昨晚就吃这个？”

沈默后悔昨晚偷懒了，要是多炒几个菜，也不至于显得这么寒酸。他含糊应了一声，急着去收拾桌子。那人在沙发上坐下来，静静地看着他，沈默走到哪里，那目光也就跟到哪里。

沈默觉得他跟平常特别不一样。

他刚手忙脚乱地收好碗筷，就听那人叫他道：“沈默，过来。”

沈默向来听他的话，乖顺地走过去，快走到沙发边时，那人突然伸脚绊了他一下。沈默始料未及，踉跄着往前冲了两步，那人便伸臂一揽，顺势扶了他一把。

沈默这才知道他是存心的，又好气又好笑地在沙发上坐下来。

那人像昨晚在电话里那样叫他：“沈默。”

沈默“嗯”了一声，问：“你不是说要在国外多住几天吗？怎么这么早就回来了？”

“有点急事，临时改了行程。”

“什么事？”

那人笑了一下，说：“明知故问。”

沈默就问：“你怎么知道我没回老家，一个人在这儿过年？啊，你叫助理给我订了车票，是他跟你说的？”

“昨晚给你打电话前才知道的，有些太迟了。”

“不迟不迟。”沈默猜他必定是立刻赶回来的，“这么晚了，怎么订得到机票？”

那人笑了笑，说：“都是花钱就能解决的问题。”

沈默瞧他神色，仿佛另有所指，不由得问：“还有什么是花钱解决不了的？”

“有，”那人直视沈默，声音低得几不可闻，“譬如……”

他说了一半，却没有再说下去。

沈默就问他：“你回来时怎么不用钥匙开门？”

“走得太急，忘带钥匙了。”

这更像是沈默会干的事。他忍住笑，问：“你提前回来了，家里人会不会有意见？”

“没关系，我妹妹……”

沈默奇怪道：“你不是家里的独子吗？”

那人没做声，只揉了揉沈默的头发，把他头发都揉乱了。

沈默觉得有哪里不对劲，但还没想出来，就听那人问：“过年为什么不回家？”

显然是没信他编的谎话。

沈默绞尽脑汁地想再编一个，那人扳过他的胳膊，看着他道：“说实话。”

沈默动了动嘴唇，半晌才说：“其实也没什么，就是、就是被我爸妈赶出来了而已。你知道的，那年暑假我回家……”

他将事情经过草草说一遍，多少惊心动魄的内容，也被他轻描淡写地带过了。

“其实我隔几个月就会打电话回家，只是没人接而已。”

那人安静听着，最后道：“所以只剩下你一个人了。”

“谁说的？不是还有你吗？”沈默握牢那人的手问，“我们不会分开的，是不是？”

那人的眼神深得看不见底。

沈默无由心慌，又问他一遍。

那人终于笑起来，手掌覆上沈默的眼睛。沈默眼前一暗，这下全世界一片漆黑，只剩下他的声音了。沈默听见他缓缓说道：“……当然。”

沈默的右手恢复得很好。

经过几个月的复健，对日常生活已经没有影响了，只是握笔时仍会微微发抖。医生说这是心理因素，平常多做训练，慢慢地就会好了。他认不清人脸的毛病也有改善，已能分辨出那人的两个助理了，只是被那人押着，依旧定期去医院复诊。

自从过完年后，那人就没再睡回沙发上。天气回暖，沈默的心也跟着春暖花开，觉得这真是最快活的一段日子。快活到他甚至记不起从前的许多事。

沈默一边练习右手，一边在网上查招聘信息，看的都是些绘画相关的职位，这样等他的手好了，正可以找份工作。他跟周扬一直梦想着去国外游学，一起靠绘画为生，等他们攒够了钱，就可以实现这个梦想了。只是周扬的家人想必不会同意，到时候那人若也像他一样被家里赶出来，他还可以赚钱养他。

后来他在饭桌上提起这个打算，那人听得直笑。

沈默瞪他一眼，有些动气。

那人见他如此，连忙改口道：“是是是，我给你养着。”

沈默这才满意。

他自己估算了一下进度，觉得右手痊愈只是时间问题，再过不久就能重新画画了。他心里早就打定主意，第一幅画要画周扬，反正那人相貌生得好，无论哪个角度都好看。

有几次那人在沙发上看文件，沈默就偷偷在旁边瞧着，对着他的脸琢磨构图。落日的余晖洒在他脸上，在他眉眼间勾出一层淡淡的光，沈默发现他的侧脸尤其动人。

看得正出神，那人像是察觉到了他的注视，抬头冲他笑了一笑。

沈默微微一怔。

那人已站起身来，大步走到他跟前，用手指在他额上弹了一下，而后直起身，像什么也没发生过一样，若无其事地走回去继续看文件了。

反而沈默被他闹得脸红，赶紧躲进厨房去做饭。

过几天天气放晴，到处都是春日的气息。

沈默把冬天的衣服被子都洗来晒了，又想起他那些画具还锁在柜子里，忙翻出来一一整理了一遍。那人知道他要重新开始画画，还说过要送他一套新的，不过被沈默婉拒了，还是旧的用着顺手。

整理完画具后，沈默顺便把柜子也收拾了。出租房地方小，柜子里塞的都是些杂七杂八的东西，什么感冒药、驱蚊水之类的，沈默将那些没用的都扔了，翻着翻着，就翻出来一本相册。

他以前的相片都在老家，这本相册里只有一些高中大学时期的照片，沈默刚一翻开，就掉出来一张毕业照。

是高中毕业照，算起来也有好几年了，沈默一眼就认出照片上的自己。他穿着一身校服，刘海剪得特别短，因为个子不高，被安排在了前几排。他接下来又去找周扬，可是找了一圈，竟没发现那张熟悉的脸。

奇怪，周扬没拍毕业照吗？

沈默记得他跟周扬是高中同学，两个人兴趣相投，关系特别好，但许多细节却想不起来了，当然也不记得他有没有拍毕业照。

沈默知道这是他生了病的缘故，不过没关系，他跟周扬还拍了不少生活照，他都洗出来收在相册里了。

沈默反正没事，就坐下来翻了翻相册。

他照片拍得不多，大部分是在学校里拍的，难得有几张是外出旅行时照的，有单人的，也有合照，其中最多的是他跟某个人的合影。

沈默一张张翻过去，一颗心像是沉进了冰凉湖底，泛起来阵阵寒意。

照片上的自己笑得那么开心，尤其是跟某个人合影的时候，但是，那个人却不是周扬!

或者说，并不是与他朝夕相处的那个周扬。

沈默手心里不住地冒出冷汗。

这个人是谁?

沈默定了定神，又拿起那张高中毕业照做对比。他这次看得很认真，一张面孔一张面孔地辨认过去，终于找到相似的一张脸——是站在他后两排的位置，确实是他的高中同学没错。

这个人若不是周扬，为什么跟他有这么多交集?

而这个人如果就是周扬……

那无疑更可怕。

沈默呆坐在椅子上。窗外春光那么好，照在他身上，竟一点也觉不出暖意。他拼命回想从前的事，但一切都像隔着层纱似的，朦朦胧胧地记不真切。

他记得自己跟周扬是高中同学，记得他们在一起画画……但他怎么也记不起周扬的脸了。中间仿佛发生了什么事，他跟周扬被迫分开了，他右手受了伤，一个人住在出租屋里，每夜重复同一个噩梦，简直不敢入睡。

直到那一天，他正要拆一袋发霉的面包来吃，却听见门铃响了起来，他恍恍惚惚地走过去开门，然后就看见那个人站在门外。

那自然是周扬了。

沈默按住胸口，到现在还记得当时的那种悸动，救他于水火的，除了周扬还会有谁?

至于他当时看不清那人的脸，只是因为他生了病，如今他的病渐渐好了，已知道那人相貌英俊，至少比照片上的路人甲好看多了。

其实要确认这件事也简单，找个高中同学问问就知道了，但沈默却一直坐着没动。他心中隐隐觉得害怕，希望一切只是误会，万一……

他根本不敢想下去。

下午的时间过得飞快，等到太阳落山时，外面又响起了熟悉的开门声。沈默猛地从椅子上跳起来，他从前多么期待这个声音，现在却无端觉得惊惶，忙将那堆照片塞回柜子里。

那人推门而入，穿着全套的深色西装，仍是沈默看惯了的眉眼。他见沈默站在柜子旁，便弯了弯嘴角，问："又在整理东西？"

沈默"啊"了一声，只是盯着他的脸看。

"怎么了？"那人走了过来，皱眉道，"你的手怎么这么凉？"

沈默心慌意乱，不知道该答什么。

那人就问："是不是太累了？"

沈默顺势道："是有点。"

"我知道你想重新画画，但也不能太勉强，顺其自然就好。"

"嗯。"

沈默的右手早已痊愈，但那人仍是习惯性地拢在掌心里揉了揉，问："晚饭呢？"

沈默这才惊觉："啊，我忘记做了。"

"一想到画画的事就忘记时间？"那人笑了一下，说，"叫外卖吧。"

晚上两人一起吃了外卖。沈默尽量想表现得自然，但手脚还是有些僵硬，他不知道那人有没有看出端倪。

吃过饭后他洗了个澡，然后进了房间。

那人关了灯，在黑暗中叫他："沈默。"

"嗯？"

沈默答得谨慎，以为他发现了什么，却听他说："过几天就是你生日了，想要什么礼物？"

生日？

啊，是了，他生日是在这个月。

沈默几乎忘了这回事，想了想道："每年生日都是随便过的，不必费心准备了。"

那人似乎料到他会这么说，声音中隐有笑意，说："那我就看着办了。"

他是毫无所觉的，只一心一意要给沈默过生日。

沈默的心狠狠抽了一下，像被架在火上烤着，滋滋地冒着声儿。

那人连他的生日也知道，怎么可能不是周扬?

但如果，如果他是个全然的陌生人……

为什么冒充周扬?

为什么温柔待他?

沈默忍不住打个冷战。漫漫的长夜侵袭上来，他裹紧被子，用双手紧紧环住自己。

但依然觉得冷。

沈默第二天醒来时，那人已经准备去上班了，对他道："我这两天要加点班，周末可以休息一天，带你出去走走。"

周末是沈默生日。

沈默心里一动，却没有做声。

那人又道："记不记得你从前画过一幅画？画的是你梦想中家的样子。"

沈默心不在焉，说："有吗？我不记得了。"

像这种有明确主题的画，多半是他在学校时的习作，连他自己也记不清了，别人怎么会知道?

但那人笃定地说："有的，当然有。"

沈默几乎要沉溺在这样的温情里。不过等那人起身去上班后，他还是洗漱了一番，出门去了趟医院。他找的是平常看病的那个医生，检查的结果是他的病情控制良好，只是仍要坚持吃药。

沈默小心地问："得了这个病……有没有可能认错人？"

医生回答得很保守：“受过严重心理创伤的人，可能会选择自我逃避，忘记一些事和一些人。至于会不会认错人，就要看具体情况了。”

沈默听到这里，心中已有了猜测。

他确实失去了一部分记忆。究竟发生过什么事，让他连周扬的脸也记不起来？甚至，甚至可能将一个陌生人当成周扬。

最直接的办法就是向那个人求证，但那人接下来几天都要加班，每天早出晚归，沈默连他的面也没碰着。

直到周五晚上，他才提早回来了，一见面就问沈默：“明天要不要订蛋糕？”

仍是记着他生日的事。

沈默摇头道：“不用了，我明天多炒几个菜就行了。”

他瞧了瞧那人的脸，故意问：“你喜欢吃什么菜？”

那人没在意，随口报出几个菜名。

沈默暗暗对照一下，不是周扬喜欢的菜。真相已经呼之欲出，但他反而犹豫起来，并不敢立刻揭穿他。

那人为了空出一天，将几天的工作量挤在一块，到这时候还没忙完，又取出笔电来发邮件。

沈默就坐在旁边安静看着。之前的多少个夜晚，他也是这样看着那人的侧脸，琢磨着怎么构图。

而他还来不及画那幅画。

沈默心头发酸，终于出声叫他：“周扬！”

那人动作一顿，慢慢抬起头来。他没有应声，仅仅是看了沈默一眼，黑眸乌湛湛的，目光冷得似落满雪的冬夜，直撞进沈默心上。

沈默的心像被一只冰凉的手握住了，从骨头缝里泛出了疼。他听见自己声音嘶哑地说：“你不是周扬。”

那人一直没说话。

客厅里静悄悄的，只有墙上挂钟滴滴答答的声音，沈默从来不知道时间过得这样慢。而后那人合上笔电，扯松了颈上领带，大大方方道："对，我当然不是。"

沈默早已有了心理准备，听到这句话后，耳边还是嗡地响了一声，半天回不过神。

那人从沙发上站起来，走到他跟前叫他："沈默？"

他伸出手想碰一碰他的脸。

沈默一惊，反射性地避开了。

那人的手僵在半空中，隔了一会儿才收回去。

沈默抬头问他："既然你不是周扬，为什么要冒充他？"

"我冒充周扬？"那人轻哼一声，要笑不笑的样子，说，"难道不是你先认错了人？"

沈默无话可说。印象中，确实是他一厢情愿地把那人当成了周扬，依稀记得对方还否认了几次，可生病的人哪有理智？

"你可以放着不管，任我自生自灭，或者好心一些，扔我进医院就行了，何必装成周扬？"

那人握起沈默的手。沈默右手受过伤，虽然已经痊愈了，但依然留下一些痕迹，那人看着那些伤痕，说："一开始是怕你一个人饿死在屋里，所以偶尔过来看看，后来知道你脾气又倔又固执，才更加放心不下，再后来……"

沈默问："再后来呢？"

那人盯着沈默道："你当真不知道么？我为什么要留在你身边？"

沈默似有所觉，低声道："别说……"

那人便叹了口气，道："前两天唐医生打电话给我，我已经猜到你快要恢复了。"

给沈默治病的医生就姓唐。沈默这才知道他什么都清楚了，只是装着若无其事。

“其实清醒过来也好，你总不能一辈子活在回忆里。”那人又放柔一些语气，道，“沈默，收拾一下东西，跟我走吧。”

沈默一呆，“走？去哪里？”

那人笑了笑，说：“去了就知道了。”

沈默从前最喜欢他这种笑容。

不不不，当时他以为他是周扬，可是现在，他只是个连名字也没有的陌生人。

沈默闭了闭眼睛，说：“不行，我不能走。”

“为什么？”

“我要留在这里等周扬的。”

这句话是脱口而出的，说完之后，他眼看着那人眸中的笑意冷下去。

“周扬人在国外，而且你们早已绝交了。”

沈默没有这部分记忆，但他下意识地摇头，“不是的，我跟周扬只是暂时分开而已。”

那人安静片刻，突然问：“沈默，那我呢？”

沈默心一颤，像浸在半冷半热的海水里，沉沉浮浮地碰不着岸，但他还是继续说下去：“我以为你是周扬……我等的人一直是周扬……”

那人蓦然僵住了。

沈默从未见过他这样狼狈的样子。

但他很快就掩饰住了。他神情恢复如常，连声音也是平静而克制的，说：“是，你等的人是周扬。”

他呼出一口气，直起身道：“我今晚是不是不方便留下来？”

沈默不知道怎么答。日子过着过着，熟悉得人突然变得陌生了，谁知道该怎么办？他心里乱成一团。

而那人已点了点头，自言自语道：“你当然不会跟我走，该走的人是我。”

他风度实在是好，并无气急败坏，仍像往常那样从容地收起桌上的笔记本电脑，推开门走出去。

沈默的双脚自己动起来，追了几步，到门口才停下来。

他连那个人是谁也不知道，怎么糊里糊涂地跟他走？至少要找回以前的记忆，弄清楚他跟周扬的事才行。

沈默一个人坐回沙发上。

外面下雨了，雨声沙沙的响。这屋子原本是他跟周扬一起布置的，可现在处处留下了另一个人的影子。

不知过了多久，沈默听见门铃声又响了，他扑过去开门，门外站着去而复返的那个人。

沈默怔了一瞬。

那人应该是开车来的，但不知为什么淋了雨，浑身上下湿漉漉的，连发梢都往下滴着水。他一双眼睛也像被雨水浸过似的，就那么沉沉地望着沈默。

沈默张了张嘴，没有出声。

那人也没走进屋里来，只是把一个包装精致的盒子塞进沈默手里。“礼物是早就准备好的，本来想亲自带你去看一看……”

雨声太响，他的声音便也像隔了一层，听起来不太真切。

“你可以自己去看一眼，或者……”

他带着一身水汽凑近沈默。

沈默这次没有避开。

那人低声道：“或者当作从来没有收到过。这样，我就明白你的心了。”

沈默发现手里那只盒子是温暖干燥的。雨下得那么大，他不知那人先前将东西收藏在哪里。

他握着这份提前收到的生日礼物，像是握着一个人的一颗心。

第八章

生日那天沈默只吃了一碗面。用清水煮的挂面，什么料也没加，只拌了点酱油和芝麻油，再撒上一把葱花，自己一个人在小小的出租房里吃了。

若他昨天没有拆穿那个人的身份，现在必然是另一幅光景了。

沈默一边吃面，一边看了看桌上那只盒子。

是那种常见的礼物盒，包装得十分精美，盒盖上还贴了个漂亮的蝴蝶结。他想象了一下那人板着一张俊脸，认真挑选包装盒的样子，觉得有些好笑。

他昨晚就已打开盒子看过了，里面是一把钥匙和一张纸条。纸条上的字迹是陌生的，应当是那人的笔迹，简单地写着一个地址。那地址是在锦绣山庄，本市有名的住宅区，地段极好，称得上是寸土寸金了，沈默早有耳闻，但一次也没去过。

他知道那人为这份礼物费了多少心思，这样的心意不该被轻慢地对待。所以他重新合上盒盖，将东西收了起来，打算等理清了他跟周扬的事，再来做出决定。

今日的天仍旧阴沉沉的，雨要下不下的样子。沈默望了望窗外，料想那人必定是在锦绣山庄等着他了。

他会等上多久呢？

一周？一个月？或者更久？

沈默摇了摇头，没让自己再想下去。他吃过面后，就从手机里翻出周扬的号码，打了通电话过去。

对方始终是关机的。

他反反复复拨了许多遍，觉得这场景似曾相识，但怎么也想不起来了。他只好作罢，转而联系了几个高中同学，向他们打听周扬的消息。

“周扬？毕业后好久没联系过了。”

“不知道。”

“不清楚啊。你跟周扬不是更熟吗？以前天天见你俩在一块儿。”

只有一个同学说：“听说他好像去了国外。”

那人也说周扬人在国外。

若当真如此，沈默倒是束手无策了。他连周扬在哪里都不知道，总不能追到国外去吧？他通讯录里虽有周扬家的地址，但更不可能直接找上门去，估计刚到门口就会被打出来了。

难道他跟周扬就这么不明不白地结束了？

沈默瞧一眼桌上那只盒子，不死心地又打了几个电话。当然还是没消息。高中都毕业这么多年了，他那些同学多数家境普通，跟周扬根本是两个世界的人。

其实他跟周扬更是如此。

沈默想到这里，忽然记起一个人来。是他跟周扬租下这间房子时，出面帮他们办手续的人，周扬说这样方便些。沈默记得那人姓方，戴一副金边眼镜，是个相貌斯文的中年人。周扬叫他方叔，说他是在周氏企业上班的。

这人跟周扬关系不错，想必知道他去了哪里。

沈默有了目标，总算是定下心来，晚上早早上床睡了。他临睡前朝窗外看了一眼，好似看到熟悉的那辆车，但一晃神，那车又不见了。

应当只是他的错觉。

第二天沈默起得早，洗漱过后就出门了。周氏的公司大楼在市中心，沈默坐公交车过去，走进那扇堂皇的玻璃大门，迎面是笑容甜美的前台接待。

沈默镇定地走过去，装做是来谈公事的样子，旁敲侧击地打听那位方叔。

“您说的应该是方秘书吧？他办公室是在六楼。”

“谢谢。”

沈默道了谢，转身走过去按电梯。等电梯的时候，又有人从大门外走进来。那是一位容貌秀丽的女士，穿一身大方得体的套裙，戴一套珍珠首饰，虽然算不上年轻了，但别有一种成熟风致。

几个前台见了她，都露出恭敬的表情。

电梯门叮一声开了，沈默踏进电梯的那一瞬，才意识到她是谁。是周扬的母亲，那位出身豪门、手段强势的周夫人，沈默曾经在周扬手机里见过她的照片。

那位周夫人走进电梯后，淡淡瞥了沈默一眼。

沈默对上她的目光，心猛地提起来。

在他重复许多遍的噩梦中，有个刀疤脸的男人也用这种目光看着他，狞笑着踩住他的手，在他耳边说了一句话。梦中听不见声音，他到这时才想起那是句什么话。

“这次只是给你点教训，以后别想再见周扬了。”

不，不是噩梦！

那是真实发生过的，他被绑架，被毒打，被踩断了手指……而这一切的幕后主使，就是周家人！

电梯又停下了，沈默顾不得是到了几楼，门一开就冲了出去。他头痛得厉害，许多回忆一下子涌上来，让他脑海里乱成一团。

仿佛有无数个声音在他耳边说话。

“离开周扬！”

“下次遭殃的就是你的家人。”

“周扬跟季小姐一起去了国外……”

对，还有季小姐。

沈默扶着墙走了几步路，看到有安全出口，便又顺着楼梯走下去。

他想起很多零碎的片段：他一个人走在回家路上，由后面开上来一辆车……废弃的旧仓库，无止尽的折磨……医院病房里，他对手机那头的周扬说绝交……

还有……

还有来病房看他的那个男人，他面容英俊，眼神像寒夜一般冰冷。他说他姓季，是季小姐的哥哥。

不不不，这不是他们第一次见面！

在医院之前，他已见过那张脸。

楼梯还剩下最后几级台阶，沈默魂不守舍，竟然踩了个空，一头栽倒下去。重重摔在地上的那一刻，他眼前掠过一幕画面——

废弃的旧仓库里，他蜷缩着躺在地上，右手血肉模糊。他以为自己快要死了，但一直紧闭的门突然开了，有一丝光亮透进来。门外那人背着光，面孔是模糊不清的，沈默看着他朝自己走近，面容一点点清晰起来。

那是救他于水火的人。

沈默的头越来越痛，但他终于想起来那人的名字。

是——季明轩。

沈默一梦而醒。

太阳已经快落山了，夕阳的余光暖洋洋地照在身上。他在公园的草坪上睡了个午觉，头发和衣服上都粘了草屑，样子颇有些可笑。路过的人看见了，朝他露出善意的微笑。沈默也不介意，跟着笑了笑，起身捡起扔在地上的画板。

他从几年前开始重拾画笔，试着用左手画画，一点一点慢慢练习，虽然还追不上以前的水平，但也算让自己满意了。他今天原本是出来写生的，但太阳实在太好，忍不住就睡了一觉，没想到会梦到这么久以前的事。

沈默收拾好画具后，将背包往肩上一背，快步走出了公园。他在永宁路那边有一间店面，是当年季明轩出国前，那人转到他名下的。他后来简单装修了一下，开了家小小的画室，生意不好不坏，勉强可以维持温饱。

因为是下班高峰，路上有些堵车，沈默回到画室的时候，天已经彻底暗下来了。他雇了一个年轻的女孩子帮忙打理画室，这时候见他回来，杨月脸上就有些气鼓鼓的，道："老板，你又跑出去偷懒了！"

沈默脾气甚好，一边整理东西一边说："抱歉，我回来晚了。耽误你跟男朋友约会了吧？你可以下班了。"

杨月大学毕业就找了这份工，几年做下来也跟沈默混熟了，匆匆补了一下妆，问："老板你晚上吃什么？不会又叫外卖吧？"

"是啊。"

"又是咖喱饭？"

沈默又答了一声"是啊"，说："我喜欢咖喱。"

"再喜欢也不能天天吃。"杨月放下粉饼，以一副过来人的口吻，老气横秋地说，"老板你都三十岁了，也是时候交个女朋友了吧。"

沈默呆了一下，道："我过完年才二十九岁。"

但对于青春靓丽的女孩们来说，二十九和三十有什么区别？

"二十九也是老男人了。"杨月拿起眉笔，淡淡扫了扫眉毛，"年纪越大，在婚恋市场上越不吃香。"

沈默道："没遇上合适的。"

"要不要我给你介绍一个？我有个大学同学……"

沈默忙道："不用不用。"

"我来这里也快三年了，就没见你交过女朋友。"杨月忽然把头凑过来，盯着沈默道，"老板，你该不会是心里有人吧？"

她刚画完眉毛，两条弯弯的眉浓得似墨。

沈默恍了一下神，一时竟答不上来。

杨月是爱八卦的那种小姑娘，顿时来了兴趣，猜测道："是你的初恋？还是暗恋对象？或者是苦追多年的女神？"

"没有，"沈默说，"没有这个人。"

杨月可没这么好糊弄，正想再挖掘挖掘，就听门外传来"嘀"的一声喇叭响。

"呀，我家那位来接我了，我先下班了，老板再见！"

男朋友一来，杨月立刻挥了挥手，抛下老男人沈默，拎起手袋冲了出去。

沈默目送她离开，转头打电话叫了份外卖。其实他自己的厨艺也不差，但现在一个人生活，懒得再花心思做饭，还是叫外卖更方便。咖喱饭很快就送到了，沈默吃过晚饭后，又处理了一些杂事，这个点基本上也没什么生意了，他便关了店门，支起画架来继续那幅未完成的画。

他下午在公园已经画了大半了，在这寂静的夜里又特别容易集中精神，没过多久就上好了色。沈默放下画笔，退后几步看了看，自己觉得还算满意。

只是还未落款。

沈默犹豫了一下，重新拿起笔来，从右手换到左手，又从左手换回右手。他拿笔的右手仍有些微的颤抖，但竭力克制住了，一笔一划地写下"沈默"两个字。同他从前的签名稍有差别，风格倒还是一致的。

他看着这两个字，几乎是情不自禁地，想起几年前的那一天，他推开锦绣山庄那间书房的门，看到满室都挂满了他的画。

有些是他在学校的习作，有些是他为了赚钱画的人像，有些甚至只是信手的涂鸦，他不知道一个人要费多少功夫，才能收集到这些画。

……原来这就是锦绣山庄的秘密。

那一刻沈默就已知晓，自己定然是错失了一些过往。

他跟周扬分开后，有半年多的时间过得浑浑噩噩，记不清发生了什么事。他本来想找季明轩问个究竟的，但辗转联系上季明轩后，对方并不肯见他。他最后只好去了趟医院，在心理医生的帮助下，才想起从前那些事。

当年沈默从楼梯上摔下来后，被大楼的保安送去了医院，所幸他伤得不重，除了些外伤之外，就只有一点轻微的脑震荡。他头晕了好几天，记忆始终是一片混乱的，虽然记起了他被绑架的事，但对中间这半年发生的事却毫无印象了。

而季明轩……也成了真正的陌生人。

直到后来他的出租房到期，快要流落街头的时候，季明轩丢给他一纸合约，两人才重新有了交集。

沈默一恢复记忆，就急着想见季明轩。他没有季明轩在国外的联系方式，只能找陈律师帮忙，陈律师颇为热心，一番周折之后，终于联系上了季明轩。

但季明轩并不愿意见他。

沈默又找了他几次，季明轩才通过陈律师回复他两个字：勿念。

陈律师且委婉表示："季小姐的身体状况不太乐观。"

沈默心下一凉，知道一切都已结束了。他跟季明轩之间始终隔着一个季安安，从此后各自天涯，再无必要相见。

他冷静地向陈律师道谢，当天下午就搬出了季明轩的别墅。季明轩送的东西，他只动了永宁路的那间店面，这几年里开了画室，重新学了画画，时间就这么平平静静地过去了，像是从来没认识过季明轩这个人。

只偶尔会梦到一些往事罢了。

沈默自嘲地笑笑，看时间已至深夜，也是时候回家休息了。他草草收拾了一下东西，临出门时，瞥见墙上挂着的日历。如今已是一月下旬，再过几天就是农历的新年了，等过完年则是——立春。

沈默盯着那个日期看了片刻，慢慢儿收回视线。

他回家路上有些心不在焉，到家后冲了个澡，照例打开电脑上了会儿网，等他回过神来，已经在网上订了张机票。

是2月4日飞往国外某小岛的机票。

第二天沈默将这件事跟杨月一说，杨月的脸颊又鼓了起来："出国旅游？老板你太能偷懒了，年年这个时候出去玩。"

沈默只好说："等我回来了让你休年假。"

杨月这才露出点喜色，问："老板你这次是去哪里玩？"

"老地方。"

"又是S岛？"杨月微微惊讶，"那里可是蜜月胜地，人家都是一对对情侣一起去的，你一个单身人士年年往那跑干什么？等艳遇还是挖墙角？"

沈默的理由光明正大："画画没灵感了，我是去采风的。"

杨月果然没话讲了，问："什么时候走？"

"2月4号的机票。"

杨月翻了翻日历，道："那天正好是立春。"

接着"咦"了一声："我记得老板你每年都是立春前后出门的，有什么特殊意义吗？"

她嗅到点不寻常的味道，转过头来看向沈默。

沈默面上仍是微笑："当然有。一年之计在于春，春天万物复苏、百花齐放，正适合出门踏青。"

话说到这个份上，杨月也没法再追问下去了，沈默趁机打发她去做一杯咖啡。

不多时，杨月就把咖啡端了过来。沈默昨天晚上没睡好，闻着咖啡的香气，还是有点昏昏欲睡。时间临近中午，阳光把咖啡杯的影子拖得长长，沈默半眯着眼睛看向窗外，觉得日子再悠闲不过。

但是于这样的平静中，他总觉缺了点什么，再快活也有不足。或许正如杨月所说，有一个名字在他心上扎了根，这些年来生根发芽，往往趁他不备时跳出来，猛地占满整个胸膛。

这个新年沈默过的很简单。他给杨月放了假，自己在家烧了几道菜，又配上一瓶红酒喝。因为只有一个人吃，再精美的菜色吃着也没滋没味，倒是跟平常的外卖差不多，吃起来都是寂寥的味道。还没到十二点他就上床睡觉了，裹着厚厚的棉被，听着窗外的鞭炮声沉沉入睡。

翻过年就是立春了。

沈默去过 S 岛几次，不用再做什么攻略，只兑好了现金、收拾好了行李，出发前一天又特意去剪了个头。他相貌本来就显年轻，刘海剪短后露出一双眼睛，让他看上去比实际年龄更小一些。

就像……四年前一样。

四年前的这个时候，他一心憧憬着跟季明轩一起去 S 岛，但谁料物是人非，终究只得他一个人成行。

2 月 4 日一早，沈默拖着行李箱出了门。他中途要转一趟机，花十多个小时才到目的地。S 岛是传闻中的蜜月胜地，其中最出名的就是海滩，沙粒洁白、海水碧蓝，景色美不胜收。

沈默入住的酒店建在 S 岛南部的断崖上，套房和别墅都依地势而建，在屋内能听见海浪拍击悬崖的声响，推窗俯瞰出去，海洋尽收眼底，景色蔚为壮观。室内的装修设计也是别具一格，既融入了各种现代元素，又保留了原生态的自然风光。这家酒店刚落成不久，听说投资者也是华人，虽然住一晚的价格不菲，不过沈默出门在外，也没讲究这么多了。

他到酒店的时候已是晚上了，先狠狠睡了一觉倒时差，第二天早上起来，才开始优哉游哉地欣赏海景。他选在这个时候来 S 岛，虽然有些不可言说的小心思，但明面上的理由还是来采风的，所以吃过午饭之后，就背着画板在岛上游览起来。

他骑着脚踏车穿过岛上的小村落，躺在沙滩上看了海边的日落，品尝了原汁原味的当地美食，几天下来玩得十分痛快。当然画作也完成了不少，有几幅颇具韵味，看得人眼前一亮。

沈默原本还想租快艇出海的，不过实在是玩不动了，后面几天就只是窝在酒店房间里专心画画。酒店一面临着悬崖，另一面则造了泳池，他有时候画得累了，就走到泳池边散散步。

这天阳光格外得好，沈默下午没什么安排，吃过饭就去了泳池边，一边晒着太阳，一边构思新作品的构图。下午游泳的人渐渐多起来，沈默叫了杯咖啡喝着，忽然听见有人用中文叫了声："明轩……"

甜腻腻的女性嗓音，千回百转的似在撒娇。

沈默耳边安静了一瞬，像是什么声音都消失了，只那两个字格外清晰。他鼻尖渗出微微的一点汗，不由自主地站起身来，循声望了过去。

入眼的是一个泳装美女，双腿又白又直，身材凹凸有致，一头乌黑长发尤其好看。她手挽在一个男人的胳膊上——那男人也是华裔，四十来岁的年纪，头发已谢了一大半，啤酒肚圆得如熟透的西瓜。

啊，不是季明轩。

沈默整个人都松懈下来，暗笑自己疑神疑鬼，季明轩这名字再普通不过，跟他同名的人不知几千几百，怎么听见个名字就以为是他？

他看着那个明轩同泳装美女亲亲热热地走过去，心里忍不住想，不知道季明轩现在是什么样子？会不会也发福得不像话？随即又摇了摇头，想，他们是再不会相见的了。

沈默苦笑一下，打算坐回原先的位置，一回头，那笑容却凝固在了脸上。

他看见季明轩站在数步开外的地方。

季明轩衣冠楚楚，身姿挺拔，只比沈默印象中的更为出色。他的目光笔直地望过来，面容仍是那样英俊，仿佛立于时光之外。

沈默怔怔瞧着他，一时竟寻不着自己的声音了。

周围人声鼎沸，仍旧是一派异国的喧嚣。有几名金发碧眼的洋童在边上追逐打闹，其中一个被小伙伴追赶着，尖叫着朝沈默的方向跑过来。沈默直愣愣地忘了躲避，被他没头没脑地扑在身上。

接下来似一场连环车祸。沈默被撞得后退几步，又碰翻了身后的遮阳伞，恰巧一个侍者从旁边经过，手中端的饮料洒出来，一杯热牛奶尽数泼在了沈默手上。

整个过程不过短短数秒，沈默却像被人按了慢放键，思维变得迟钝缓慢，灼眼的阳光下，所有人的动作都变为慢镜头，一切细节都被拉长放大。一片混乱中，他看到季明轩露出微讶的神色，接着大步朝他走过来。

直到季明轩握住他的手，沈默才醒过神来，发觉被烫伤的手火辣辣地疼。他终于出声道："季先生……"

季明轩没应声，只低头去看他的手，见他手背上红了一片，不由得皱了皱眉，直接拖着他离开泳池，往酒店内走去。

路上遇见形形色色的人，沈默什么也没想，只管跟着季明轩走。

季明轩将他拉进洗手间，拧开水龙头冲他的手。冰凉的水流过手背，水声哗哗地响。沈默抬头看向镜中的季明轩，又叫道："季先生。"

季明轩到这个时候才同他说第一句话，却只是极轻、极轻地"嗯"了一声。

只是这一声，沈默动荡不安的心忽然落了地。

季明轩垂着头，专注地盯着他的手，微红的手背被冷水冲得有些发白，沈默道："季先生，可以了。"

季明轩说："再冲一会儿。"

说着，抬起眼睛匆匆瞥了沈默一眼，又迅速地转开去，道："你没怎么变。"

沈默光明正大地透过镜子看他，说："季先生也是一样。"

季明轩突然松开他的手，取出手机来打了通电话："对，是我……应该是烫伤了，拿医药箱过来……”

中间又停下来指挥沈默：“继续冲。”

沈默只好继续用冷水冲着手背。

几分钟后，酒店经理提着医药箱赶过来，颇为恭敬地开口道：“季先生。”

季明轩微微颔首，跟他交谈了几句，从医药箱里找出一支烫伤药膏。

沈默察言观色，立刻猜到他就是这家酒店的投资人。

季明轩打发了经理，扭头对沈默道：“这里光线不好，去外面擦药吧。”

沈默便又跟着他走出去。他们在大堂里找了个靠窗的沙发坐下了，刚坐下不久，就有侍者端上了咖啡。

季明轩没理会，只捉着沈默的手慢慢涂烫伤药，一边抹一边问：“来 S 岛旅游？”

语气淡淡的，像一个认识多年的老朋友。

沈默答：“我重新开始画画了，出来找点灵感。”

季明轩点点头，说：“S 岛的风景不错……”

他随意提了些岛上的风土人情，沈默也很配合，附和着聊了聊沙滩上的落日、悬崖边的海景。两个人都有些魂不守舍，竟也聊得像模像样。

后来季明轩停了一下，问他道：“你是一个人来的？”

“是，只有我空得很。”

“什么时候到岛上的？”

“就是前几天……”沈默说到一半就顿住了，没再说下去。

要怎么说呢？说他特意选在季明轩生日这天跑来 S 岛？

沈默耳根发烫，端起咖啡杯来掩饰了一下。

两人之间又无话可说了。沈默不敢问起季安安，他在国内听到过一些消息，知道三年前她就已经……季明轩只有季安安一个亲人，不知是怎样的伤心？就连沈默也难受了好几天。后来他招人时录用了大学刚毕业的杨月，也是因为她活泼的性格跟季安安有些相像。

季明轩涂药的手势很细致，但他动作再慢，这药总有涂好的时候。他涂完了药，将沈默的手看了又看，说：“好了。”

沈默呆呆地说：“哦。”

不知道接下来该道谢还是道别？

季明轩脸上的表情叫人捉摸不透。

这时候响起来一阵脚步声。

沈默看见一个三四岁小男孩朝这边跑过来。他头发乌黑，肤色白皙，一双大眼睛滴溜溜转着，身上穿着合体的小西装，远比泳池边那几个洋童更为漂亮。

他身边并无大人陪伴，却径直跑向季明轩，一头扑进他怀里，仰起脸叫道：“Daddy！”

季明轩捏了捏他的脸，说：“用中文。”

那男孩眨了眨眼睛，有点儿小委屈，却还是磕磕巴巴道：“爸、爸。”

这时一个穿着得体的中年女子匆忙赶了过来，看起来像是保姆一类的，季明轩比了个手势叫她退开了，将那男孩抱起来坐在自己腿上，指着沈默道：“跟叔叔打个招呼。”

那男孩十分听话，先打量了沈默一眼，然后开口道：“叔叔好。”

他五官还没长开，但分明遗传了季家人的美貌，配上身上的小西装，一副小小绅士的模样。

沈默心中再是五味杂陈，也不由得回他微笑。

“你好，”他伸手摸了摸男孩柔软的黑发，问，“你叫什么名字？”

“宁。”男孩的中文说得不是特别溜，但发音还算标准，“季宁。”

“小宁今年几岁了？”

季宁眼眸乌黑，慢吞吞伸出三根手指，颇有些得意劲儿，仿佛他长到三岁是相当了不起的事。

沈默猜想，季明轩小时候肯定也是这副神气。他几乎是毫无缘由地喜欢这孩子。

“小宁饿不饿？要吃些点心吗？”

季宁瞅瞅季明轩，说：“爸不让我乱吃东西。”

他一点也不怕生，拉着沈默的手道：“叔叔陪我玩。”

沈默刚想回答，就听季明轩道：“叔叔的手受伤了，改天再陪你玩吧。”

边说边向那中年女子使了个眼色，对方立即会意，走过来将季宁抱走了。季宁似乎跟沈默投缘，使劲探出身来朝他挥手：“叔叔Byebye——”

沈默的目光跟着他走了一阵，才转回来看向季明轩：“小宁真是可爱。”

“平常在家里顽皮得不像话，到了外面才乖一些。”

“季先生也是来度假的？”

“来谈生意。季宁没人照顾，只好带在身边。”

沈默的脸到现在还隐隐发烫，但一颗心已镇定下来，说：“我不知道季先生已经结婚了，恭喜。”

季明轩定定看他一眼，而后露出一点笑容，右手无意识地碰了碰左手。沈默注意到他手上没戴婚戒，只左手无名指上有一圈细白的印子，这是长年戴戒指留下的痕迹。

季明轩端起咖啡喝了一口，问：“你呢？现在怎么样？有没有跟周扬联系过？”

沈默简直忘了周扬是谁。他如实道：“我好几年没见过周扬了。”

事实上自从季安安出事，他就再没跟周扬联系过，只偶尔听到些消息，知道他又跟哪家企业的千金联姻了。

季明轩意味深长地“啊”了一声，说：“我还以为……”

他没把话说完，但彼此心知肚明。

沈默觉得他太不了解自己了，季安安出了那种事，他怎么可能再心安理得地跟周扬见面？

沈默深吸一口气，说："我已经去过锦绣山庄的那套房子了。季先生，我记起来从前的一些事……"

话还没说完，已被季宁的大叫声盖过去。

原来他跟那几个洋童玩在一块，又玩起追逐逃跑的游戏，他边跑边叫，中文英文轮换着喊："Dad！"

季明轩被这叫声吸引，转过身冲他点了点头。他已是一个孩子的父亲，当然事事以此为先。

沈默蓦地醒过神，意识到已经不是当年。他再提那些陈年旧事有什么意义？

他如在冬日里饮了一杯冰水，脸上的热意彻底退下去。

季明轩跟季宁互动完了，才回过头道："抱歉，你刚才说了些什么？"

"没什么，"沈默笑一笑，说，"我是说，时间不早了，我差不多该告辞了。"

"回房间？"

"是。"

"晚上一起吃饭。"季明轩用的是陈述句，仍是从前的一贯口吻。

但沈默这次没有听他的安排。"我晚上要在房里画画，你知道的，灵感来了最怕中途被打断。"

季明轩表示理解："那就明天。"

沈默说："好，明天再说。"

他站起身，伸出手同季明轩相握。季明轩怔一下，轻轻握住他的手。

沈默用很低的声音说："谢谢。"

自己也不知道谢的是什么。

他是落荒而逃的。回到房间也并不画画，只是推开窗看外头的海景。时间一晃眼到了黄昏，海面上霞光万丈，悬崖边的落日叫人深深震撼。

季明轩没来打扰沈默，只让侍者送了晚餐过来，另外还加了一支烫伤药膏。沈默见药膏旁附着张纸条，详细写了一天要涂几次，是季明轩的笔迹。

上一次见到季明轩的字，是他翻出多年前季明轩送的礼物，找到了一把钥匙和一张字条。后来他循着字条上的地址找去锦绣山庄，就看见了书房里那满屋的画。

如果他当年就去过锦绣山庄，看过了那满室的画，是否一切都会不同?

沈默长长出了一口气，松开了攥紧的拳头，或许命运就是如此，还有什么可想的?

夜深人静，S岛仍是热情而美丽的，沈默预定的行程还余下几天，但沈默知道，这个假期要提前结束了。

沈默第二天一早就起来订回国的飞机。正在查航班的时候，外头有人敲响了房门。他还穿着睡衣，连忙换了身衣服跑过去开门。

门外赫然站着季明轩。

他一大早就已穿戴整齐，见了沈默便问："手呢?"

沈默懵了一下，等回过神来，已经伸出了手去。

季明轩握着他的手翻来覆去看了几遍，确定只有手背上那一点点红，才放心道："好得差不多了，今天记得再涂两遍药。"

沈默只得说是。

季明轩问："你今天有什么安排?"

沈默以为他又要约自己吃饭，只好想办法推脱："早上在房间里画画，下午打算去沙滩上走走。"

"那就是有空了。"季明轩点点头，说，"帮我个忙。"

他说着伸手往身后一扯，扯出那个黑发黑眼的小男孩来，提到沈默面前。

季宁今日穿一件棒球衫，一条运动短裤，头上戴了顶红色的棒球帽，样子活泼可爱，见了沈默就甜甜地笑："叔叔好。"

沈默心都软了，忙跟他打个招呼，问："你怎么起得这么早?"

季宁抬起头，可怜巴巴地瞧了瞧他的父亲。

季明轩抬腕看一下手表，道："我今天要见个客户，十分钟后就得出门了。"

他顿一下，看着沈默道："帮我照顾一下季宁。"

"什么？"沈默还是懵着，半天才道，"可我不会带小孩……"

当然季先生是不容别人拒绝的，立即道："有保姆在，你在旁边看着点就行了。"

说着揉了揉季宁的头。

季宁便走上来牵住沈默的手，眨着那双大眼睛，软软地说："叔叔，陪我玩。"

真是乖得不行。

沈默如何挣得开他的手？还在犹豫，季明轩已牵起季宁另外一只手，拉着他往外面走，边走边说："去我那边吧，东西都是齐全的，有什么事可以找保姆。我白天要出海，大概傍晚的时候回来，正好可以一起吃饭。"

他脚步虽然不快，但毕竟是成人的速度，沈默怕季宁跟不上会跌倒，只好关了房门匆匆追上去。

季宁一手牵着一个，在两人中间啪嗒啪嗒地走，特别来劲的样子。

季明轩回头看了一眼沈默，嘴角勾出点弯弯的弧度，脚步放得更慢了，说："有急事就打我电话，季宁知道我的号码。季宁，是不是？"

季宁用英文大声答了一遍。

季明轩就道："跟叔叔说话要用中文。"

季宁瞧瞧沈默，挺了挺胸膛，拖长了声音应："是——"

稚嫩的嗓音听得沈默忍不住笑起来，觉得能照看他一天倒也不错。

季明轩的房间在另一头，是一间三居室的套房，有宽敞的客厅和露台。房间的装修算不上豪华，但是十分精致，每处细节都用足了心思。至于窗外的海景，更不是沈默那间房间可以比拟的。

季宁的保姆就是沈默昨天见过的中年女子，看起来细心稳重，而且并不多话，见了沈默也只是礼貌地点点头。

季明轩急着出门，又交待了她几句就走了，临走前对沈默说："季宁平常被宠坏了，多少有些任性，你不必对他客气。"

沈默只得应好。

季明轩一走，季宁就像被放出了笼子，立刻甩脱两只鞋子，大叫着扑进沙发里。这时沈默才明白为什么季明轩说这边东西齐全，原来满满一沙发都是玩具。

房间里除了些吃的用的，并不见女主人的痕迹。

季宁的保姆姓陈，沈默便叫她陈姐，问她道："季太太呢？没有一起来吗？"

陈姐的嘴很紧，说："季先生过来谈生意，只带了小少爷一个人过来。"

沈默自然问不下去了。

那边季宁正趴在沙发上，晃着手里的变形金刚招呼沈默："叔叔快来。"

沈默不觉一笑，快步走过去陪他。他记得自己小时候也爱玩变形金刚，没想到过了这么多年，小孩子还是玩得兴致勃勃。

一上午很快就过去了。

季宁乖巧听话，再加上有陈姐在旁边看着，并不费沈默什么心。

中午时有侍者送餐过来。季宁已能自己吃饭了，只是还不会用筷子，只拿一把汤匙舀着吃。桌上有一道菜是水蒸蛋，他似乎特别喜欢，一下子就舀了一大勺，却并不送进自己碗里，反而凑到沈默嘴边来。

沈默愣了一下。

季宁乌黑的眼睛望着他，说："叔叔吃！"

沈默受宠若惊，忙一口吞下了。水蒸蛋仍是烫的，吃进嘴里，连胸口都微微发热。

季宁这才满意，开开心心地继续吃别的，沈默则一个劲地给他夹菜。最后季宁把小半碗饭吃了个干净，胃口比平常都好。

连陈姐都说沈默跟他投缘。

沈默只是笑笑。

季宁有午睡的习惯，下午歇了一会儿就打起哈欠来，沈默昨晚没睡好，这时也有些犯困，就抱他进房间睡了个午觉。

这一觉睡得很踏实，醒来时已经下午三点多了。陈姐泡了奶粉给季宁喝，季宁捧着奶瓶咕嘟咕嘟喝完了，转头就冲沈默扬了扬空奶瓶，沈默忙摸着他头夸奖他一番。

季宁跟沈默混熟了，果然现出一点小少爷脾气，坐在床上不肯穿鞋子。沈默哄了半天，他才趴到沈默背上，在他耳边悄声道：“叔叔，我想玩游戏。”

沈默好笑道：“玩什么？叔叔陪你玩。”

季宁眉开眼笑，一骨碌倒回床上，在枕头底下一阵摸索。沈默以为他又要摸出个变形金刚来，没想到却摸出一只旧手机。

这手机是已经过时的款式，沈默记得前几年刚上市的时候，季明轩也有一款相同的。他稍微一想就明白了，问：“是你爸爸的手机？”

“是。”季宁点头道，“叔叔帮我开。”

沈默没想到这么小的孩子也爱玩手机游戏，总觉得不太妥当，但是见季宁满心期待地望着自己，又实在不忍拒绝，想了想道：“只能玩一会儿……嗯，十分钟。”

季宁只管催他：“快点快点。”

沈默就帮他开了机。

手机里的电是充满的，沈默有些奇怪，像他这样的普通人倒是会留着旧手机当备用，但季明轩有必要留着几年前的旧手机吗？他会省这点钱？

沈默怕看到季明轩的隐私，倒是不敢乱动了。

季宁却不客气，抢过来一阵乱划。他平常想必也是玩惯的，三两下打开了许多软件。沈默见很多内容都是空的，应当已经清理过了，倒是松了口气。

接着季宁就点开游戏玩了起来，沈默瞧了几眼，似乎是一个小人在走迷宫。他瞧不出有什么好玩的，季宁却玩得津津有味。

等十分钟到了，沈默没收手机时，季宁还有些意犹未尽，跟他撒起娇来。沈默记着季明轩的话，没再哄着他，把手机里的软件一样样关了。关短信的时候，他在发件箱里瞥见了自己的名字。

沈默的心猛地一跳，手已经不由自主地点开了发件箱。手机里的信息也是清理过的，一整排都是他的名字。

在沈默印象中，季明轩很少给他发短信，但发件箱里却有几十条发给他的信息，日期都是四年前的某一天，从早上一直到晚上。

沈默一条条看下去，视线渐渐模糊了。

“沈默，你在哪里？”

“你跟周扬走了吗？”

“回来。”

“沈默，别走。”

“留下来。”

“……留在我身边。”

第九章

四年前，周扬刚回国不久后，曾经给沈默打过一通电话，约他在老地方见面。

沈默自然没去赴约。

不过他也没去上班，连手机都关了机，一个人关在家里做大扫除。

那天季明轩是带着满身酒气回来的。他喝醉了酒，在路上跌了一跤，弄得满身狼狈，见了面差点没认出沈默。后来他认出来了，却又表现得格外古怪。第二天两人睡到中午才起来，季明轩用沈默的手机打电话请假，手机开机后，响起一串短信提示音。沈默以为是周扬发来的，季明轩便对他笑笑，当着他的面删掉了短信。

下午他坐季明轩的车出去买药，才由司机口中得知，那晚季明轩原本是要去锦绣山庄的。

沈默当时猜不透季先生的心，如今却什么都懂了。他以为他跟周扬走了，所以喝得烂醉。他发短信挽留他，然后又亲手删了。

沈默虽然早已恢复记忆，但回忆毕竟只是回忆，再没有哪一刻像现在这样，真正明白季明轩的心。

他一直在锦绣山庄等他。

却始终未能等到。

“叔叔，”季宁在旁边摇着沈默的手臂，小声问，“你哭了吗？”

“没有。”沈默回过神来，擦去手机屏幕上的水痕，说，“叔叔没哭。”

季宁年纪虽小，却没这么好糊弄，指着沈默眼角道：“叔叔的眼睛都红了。”

又问：“叔叔为什么哭？”

沈默转过头看着他，道：“小宁，叔叔能不能抱你一下？”

“好啊。”季宁伸出双臂求抱抱，喜滋滋道，“叔叔抱。”

沈默就在夕阳的余光里轻轻拥着住他。

小孩子的体温比大人高些，抱在怀里尤其温暖。沈默摸了摸他柔软的发顶，心里忍不住想，这是与季明轩血脉相连的人。

他不由得把季宁抱得更紧些，问他：“小宁，你爸爸爱你吗？”

季宁似乎不大明白爱的意思，想了想才大声说：“爱！”

沈默笑了笑，过一会儿又问：“那……爸爸也爱妈妈吗？”

季宁迷糊了一下，更加响亮地答：“爱啊！”

沈默就说：“那真好。”

真的，特别好。

他深深吸一口气，松开了怀中的季宁，拍着他肩膀道：“好了，我们去客厅里玩吧。”

他把那只旧手机放回枕头底下，跟季宁一起出了房间。他们在客厅里坐了没多久，季明轩就回来。

他忙了一天，西装已脱下来挽在臂间，身上只穿一件浅色的衬衫，正好勾出一点点优美的腰线。

季宁一见到他就不要沈默了，扑过去叫道：“爸爸！”

季明轩伸臂一捞，将他抱了起来，问：“你今天乖不乖？有没有听叔叔的话？”

季宁自豪道：“当然。”

又转头找沈默求证：“叔叔你说是不是？”

季明轩的目光这才落到沈默身上。

沈默应了声是，静静与他对望，像隔着万水千山。

错了，不是像，而是确确实实隔了那么远。

晚饭他们是在酒店的餐厅里吃的，因为有季宁在，也没有开红酒，只简单地点了几个菜。季明轩风度翩翩，既要照顾季宁又要跟沈默寒暄，做得滴水不漏。

沈默平常就不爱说话，今日更加安静。

季明轩说："本来想请你去外面的餐厅吃饭，不过有季宁在，去哪里都不方便。"

沈默道："有了孩子就是这样，事事都以他们为重了。"

季明轩笑了笑，顺手给季宁擦了擦嘴角。

沈默温柔地看着他们，像看着一个安宁而美好的梦。

而他的魂魄早已飞到别处去。

是回到四年前，或者更久的，七年前的那个雨夜，他刚刚握住那把钥匙，毫不犹豫地打开了锦绣山庄的那扇门……

隔壁桌有人碰翻了餐具，发出"叮"的一声响。沈默浑身一震，像被人打破了梦境，猛地从桌边站起来。

季明轩惊讶地看着他。

沈默手心里尽是汗。他自知失态，又慢慢坐回去，拿起杯子喝了口水。

季明轩瞧他一眼，说："明天……"

沈默抢先打断他："季先生。"

不不不，他等不及明天了，谁知下一秒会不会天崩地裂?

他急着问："季先生今晚有没有空？"

季明轩挑一下眉，道："现在不正空着？"

"是说吃过晚饭之后。"

"也没什么事，最大任务不过是哄季宁睡觉。"

沈默看向季宁，他正用汤匙戳着饭碗，根本没听两人讲话。沈默于是说：“等小宁睡着之后，季先生能不能给我一小时……不，半小时就够了。”

“什么事？”

“我想给季先生画一幅画。”沈默定定看着季明轩，声音有一点儿哑，“这是我们早就约好的，不是吗？”

季明轩目光微动。他一时没有出声，过了一会儿，方道：“是，的确有这么一回事。”

“那季先生是答应了？”

“当然。”

沈默松一口气，连后背也被汗水打湿了。他至怕季明轩说不记得了，说往事随风不必再提，直接判他死刑。

如今他算死里逃生，又得多活片刻。

这顿饭吃了很久。季明轩跟沈默各有心事，接下来就没怎么说话了。季宁倒是早就吃饱了，东摸摸、西看看，一个人无聊地玩汤匙。他白天玩得太疯，没过多久就开始犯困了，哈欠一个接一个，头一点一点的像随时会睡着。

季明轩扶着他小小的胳膊，心想，要哄他睡觉简直不费吹灰之力。

吃过饭后两人在餐厅门口分手，约好了等季宁睡着之后，季明轩再去沈默那边。

季明轩单臂搂起季宁，抱着他走回去。他一开始步履如常，到后来却越走越快，三两步就回了房间。

陈姐也已吃过了，正在客厅里等着。季明轩叫她给季宁洗漱过了，又亲自给季宁换了睡衣，哄他上床睡觉。

季宁原本还昏昏欲睡，等真到了床上，又不肯老实睡觉了，非要季明轩给他讲睡前故事，还点名要听大灰狼和小白兔的故事。

季明轩没有办法，只好坐在床边给他讲：“从前，有一只小白兔……”

他声音低沉，在这样的夜里格外动听。

“最后，大灰狼和小白兔成了好朋友，幸福地生活在一起了。”

季宁陷在被子里，眨巴着眼睛说：“上次好像不是这样的……”

“就是这样，”季明轩眸色沉沉，柔声道，“大灰狼和小白兔相亲相爱，永远在一起了。”

他说完摸了摸季宁的脸，说：“乖，睡觉吧。”

季宁向来怕他，只好闭上了眼睛，嘴巴还微微嘟起来。

季明轩给他压好被角，关上灯走出了房间。

时间才刚过八点。

季明轩便回自己房间换了身衣服，又从抽屉里找出一对袖扣，细心戴上之后，才出门去找沈默。

沈默房间的门虚掩着，季明轩敲了两下门，然后推开门走进去。沈默正忙着收拾行李，地上一只大的行李箱塞得满满的，显然已经整理好了。

季明轩看在眼里，不动声色地问：“打算离开了？”

“是，已在这里住了好多天，也玩得差不多了。”

沈默把最后一件衣服叠好了，回头道：“季先生先坐一下吧。”

沈默房间里没有露台，只有一面落地玻璃窗，能看见窗外的海景。窗边摆了两把椅子，季明轩挑一把坐下了。

沈默倒了杯水给他，道：“不好意思，要耽误季先生一些时间了。”

“没关系，”季明轩双手交叠着放在腿上，问，“半小时够吗？”

沈默立即道：“足够了。”

他的画板支在房间中央，画笔和颜料也都胡乱堆着，他翻找出自己需要的颜色，挤出一些颜料来，低下头认真调色。

季明轩看他一眼，而后扭开头望向窗外，问：“你的手什么时候好的？”

“一直没好，现在是用左手画画。”

“伤应该早就痊愈了。”

“嗯，医生说是心理因素。”

“这只能靠你自己克服了，别人都帮不上忙。”

有的，沈默心想，有一个人可以的。

他调好了颜色，在纸上试了试，自己觉得还算满意。他原本是用左手握笔的，犹豫一下后，又换到了右手。

他拿笔的手微微发抖。

沈默竭力压下了那种不适，握着笔走到季明轩跟前，在他对面的椅子上坐了下来。

季明轩见他没拿画板，讶然道：“不是要画画吗？”

沈默忽而一笑，说：“没错。”

他伸手握住季明轩的左手。

季明轩的手生得那样好看，手指修长白皙，只无名指上留着戴过戒指的痕迹。沈默笔尖轻颤，第一笔正落在那个位置上。

季明轩怔了一下，不由得动了动手指。

沈默不知哪里来的力气，紧紧按着他的手道：“季先生，别动。”

“沈默……”

“这颜料过一晚就能洗掉，我已经订了回国的机票，明天就会离开这里，绝对不会打扰到你的生活。只有今晚，只有这一次……”他声音低得不能再低，近乎央求一般，道，“让我把这幅画画完。”

季明轩顿时安静下来。

沈默便继续画下去。

他那么紧张，鼻尖渗出了一点汗，却完全顾不上了，只专心致志地在季明轩无名指上勾画。

他画得十分细致，一边画一边说：“我听别人讲，左手是最接近心脏的位置。”

他换上最纯粹的红色，在季明轩手指中央轻轻一点，颜料慢慢化开来，像是一颗心的样子。

沈默仍旧握着季明轩的手，抬起头来直视他。

“季先生，我的心在这里。”他可能一辈子也只有一次机会说这句话，因而一字一字道，“从七年前开始，一直都在这个地方。”

说完这句话后，沈默慢慢松开季明轩的手，仿佛已把一生的力气都用尽了。

七年前那个雨夜，季明轩将生日礼物送到他手里，却始终未得回应。如今人事已非，他只想让季先生也看一看他的心。

不过这场独角戏应当结束了。

沈默看一眼时间，怅然道：“原来连半个小时也没到。”

季明轩面无表情，只双眼一直望着他。

沈默避开那视线，又看一眼他左手上的图案。这不是他画得最好的一次，却绝对是最用心的一次。

沈默站起来道：“我帮季先生洗掉手上的颜料吧。”

季明轩却坐着没动，在灯光下瞧了瞧他左手上的画，问：“只是这样就够了？不用再画一幅肖像画？”

沈默安静片刻，答：“没有必要了。”

季明轩点点头，站起来说：“我自己洗吧。”

沈默开了洗手间的门，往洗手池里注满水，他怕洗不掉颜料，又特意找出一块香皂来。

季明轩也跟进来，当他面卷起左手的衣袖。

沈默瞥见他戴的袖扣，猛地想起些什么，顿觉眼眶发热。他连忙别开头去。

洗手间里响起哗哗的水声。

沈默闭上眼睛，觉得五脏六腑也随那声音缓缓翻搅。

季明轩一边洗手一边问他：“回国之后有什么计划？”

“当然仍是画画，我现在改用左手拿笔了，右手……”沈默想起那个约定，顿了顿道，“右手不会再画了。”

“生活上呢？有什么打算吗？”

“随缘吧，看能不能遇上志趣相投的人。”

他说完之后，忽听季明轩问：“你看我怎么样？”

沈默愕然回头：“季先生……”

季明轩已伸过一只手来。

是左手。

他左手并未被水打湿，手指上画的图案依然栩栩如生。

季明轩扬了扬自己的手，沉声问：“既然这是你的心意，为什么还要洗掉它？”

沈默心头发酸，动了动嘴唇，终究什么也没有说。错过了就是错过了，他能偷得半小时已是不易，以后却不必再同季明轩见面了。

沈默推开季明轩的手，转身走出了洗手间，道：“我明天就要回国了，还得接着收拾行李，季先生也早点回去休息吧。你手上的颜料最好还是洗掉，虽然季太太不在这里，但是……”

季明轩打断他的话，道：“谁说我已经结婚了？”

沈默以为是自己听错。他呆立原地，过了一会儿才找回自己的声音，小心翼翼地确认：“没有吗？可是，季宁……”

季明轩气定神闲，道：“一个三岁孩子的父亲，难道不能仍是单身吗？”

当然也有这种可能，譬如未婚生子，譬如他已离婚，再譬如……沈默拿不准是哪一种。

季明轩已经走到他身前来。

“没有什么季太太，一直是我一个人在照顾季宁。”季明轩说，“那孩子很有绘画方面的天赋，但找不到合适的老师。沈默，你愿意回来跟我们一起住吗？”

第十章

窗外的天色仍是暗沉沉的，将明未明的样子。

沈默跟季明轩聊了一个晚上，累过了头反而睡不着了，问季明轩道：“季先生为什么离开这么久？我让陈律师联系你，为什么从不回应？”

季明轩一下不出声了。

眼看着天色一点点亮起来，过了许久，沈默才听他吐出一个名字：“安安……”

沈默心中一凛。

这是他最不愿面对的一件事，若不是他跟周扬，也不会害得季安安……

“安安那天在医院里醒过来，听我说出了所有真相后，一滴眼泪也没有流。你不知道，她从小就爱哭鼻子，一点小事就能掉眼泪，但那时却平静得要命，她只求了我一件事。”

“什么事？”

“从小到大，只要是安安想要的，我都尽力为她达成。我这么讨厌周扬，也同意他当我的妹夫了。安安第一次那么认真地求我，我怎么忍心让她失望？”

沈默又问一遍：“季小姐求了你什么事？”

季明轩闭了闭眼睛，道：“她求我放你自由。”

沈默的眼皮蓦地抽了一下。他做梦也料不到，季安安会这样恳求季明轩。

明明，明明她才是被欺骗的那个人。

“安安说，相爱的人才应当在一起，而不被爱的那个人……就唯有放开手。”季明轩道，“她比我清醒得多，不是吗？一开始就是我错了，我以为把两个人绑在一起，迟早会产生感情，没想到适得其反。我透露了你跟周扬的事，结果害得你受伤，我让安安跟周扬订婚，结果害得她……”

季明轩有些说不下去。

沈默忙握住他的手：“不是的，我知道你是无心的……”

“但已发生的事来不及挽回了，所以我答应安安放你自由，从此不再打扰你的生活。”

季明轩顿了顿，说：“我遵守跟安安的约定，一次也没有回去过，我没想到会在这里遇上你。那天在游泳池边，你就那样站着……”

季明轩没再说下去。

沈默心想，真的是从没想过吗？为什么要在岛上投资酒店？或者他是怀着万分之一的希望，一直也在这小岛上等他。

就像当初在锦绣山庄等他一样。

然而沈默并不揭穿他。

季明轩说：“沈默，是你自投罗网的。”

沈默大方承认道：“是我。”

因这张网的另一头是季先生，他才不管不顾，一头撞了进来。

沈默现在是越来越了解季明轩了，知道许多事情他即使做了也不会认，所以只好由他表现得更多一些。

窗外的天际逐渐泛白了。

沈默问：“季先生是不是要早点回去陪小宁？”

季明轩“嗯”了一声，道：“再多躺一会儿。”

“既然季先生没有结婚，那小宁到底是……”

“你在国内，想必也听到过一些关于安安的消息。”

“是，我听陈律师提起过。”

“安安跟我出国之后，原本病情已经稳定下来，但她不听我的劝阻，执意要生下季宁——就跟我母亲当年一样。”

沈默吃了一惊，道：“小宁是季小姐的孩子？”

季明轩没有否认。

沈默暗自算了一下时间，季安安是三年前……季宁现在三岁，时间确实对得上。可是，孩子的父亲……

沈默犹豫一下，到底还是问：“小宁的生父……是周扬吗？”

季明轩眸色沉沉，声音微哑地说：“不是。”

他过了一会儿才平静下来，说：“季宁姓季，跟其他人没有任何关系，这也是安安的意思。”

沈默立刻明白过来。季明轩将季宁算在自己名下，是为了避免将来跟周家人牵扯不清。他不禁道：“季小姐一定很爱小宁。”

明知会有生命危险，还是选择生下这个孩子。至于她是否仍爱周扬？沈默不敢去想。

季明轩道：“可她对我未免太过狠心。”

沈默知道季明轩的父母早已过世，只剩下季安安一个亲人。在这件事上，他必然是自责的，他一心想给妹妹所希冀的一切，结果却用错了方式，反而失去了她。

天已经完全亮起来了，沈默想看一下季明轩的脸。季明轩却先他一步，用手遮住了他的眼睛，叫他道：“沈默。”

沈默心中难过，应道：“嗯，我在呢。”

他懊悔没有早点来找季明轩。在他失去季安安的时候，在他最伤心最痛苦的时候，并未陪在他的身边。

不过以后，沈默想，以后再也不会了。

两人就这么静静靠在一起，谁也没再说话。直拖到不能再拖了，季明轩才起身道："我去看看季宁。"

沈默也跟着起来了。

沈默装作收拾房间，把洗手间先让给了季明轩。季明轩进去洗漱一番，出来时又恢复成了那个无懈可击的季先生，只眼睛微红。

沈默当作没看见，把衣服递给了他。

季明轩穿好衣服之后，把那对袖扣拿在手里把玩了一阵，然后扔给了沈默。

沈默怔了一下，仔细瞧了瞧季明轩的脸色，才算明白他的意思。他走过去替季先生戴上了袖扣。

季明轩一副理所当然的态度。

他嘴上没说什么，但嘴角弯了弯，显然还算满意。出门前他又回头看了沈默一眼，问："你今天还回国吗？"

像是怕沈默跑了。

沈默忙道："我马上去退机票。"

季明轩点点头，"再多住几天，我带你到处逛逛。"

其实沈默年年来S岛度假，能逛的都逛得差不多了，但是跟季明轩一起逛，自然大不一样。他有点舍不得同他分开，问："不如我也过去看看小宁？"

"他早上刚起来脾气大，还是算了。而且你昨晚没休息好，再多睡一会儿吧。"

沈默确实累得很，也就没再坚持。

季明轩就说："中午一起吃饭。"

沈默又在门口站了一会儿，才裹着被子躺回床上去。他昨晚几乎没怎么睡过，因此这一觉睡得特别沉，连梦也没做一个，醒来时太阳已高高挂在天上了。

没过多久季明轩就来敲门了。他换过了一身衣服，开车载沈默去外面的餐厅吃饭。

沈默找了一圈没找着季宁，就问：“小宁呢？”

“季宁有保姆看着。”季明轩道，“我们难得单独吃顿饭。”

他开车去了一家极具当地风情的餐厅，餐厅临水而建，处处用绿色植物做为点缀，餐桌旁就是一汪碧绿的池塘，环境清幽静谧。

季明轩做主点了几道特色菜，一边吃一边跟沈默闲聊。他俩都不是多话的人，只随意聊些分别后的情况。

季明轩的生活乏善可陈，除了工作之外，大部分心血都花在季宁身上了。沈默这才知道一个大男人带孩子多不容易，他对季宁的爱，自然也是毋庸置疑的。

至于沈默这边更没什么好提的，也就开了一家画室，过过清闲日子。

“你还雇了人打工？”季明轩敏锐地捕捉到信息，“男的还是女的？”

沈默如实道：“女的。”

季明轩就若有所思地“嗯”了一声。

沈默马上补充道：“她已经有谈婚论嫁的男朋友了。”

季明轩还是说：“嗯。”

他脸色多云转晴，顺手往沈默碗里夹了几块肉，道：“你好像瘦了些。”

沈默并不觉得自己变瘦了，不过既然季先生发了话，他这一顿还是吃得比平常多。吃完后饱得不行，季明轩就拖着他到沙滩上走。

海边风光是早已看腻了，沈默无心再去欣赏，只一心一意地往前走。走得累了，就随便找个地方坐下来歇一歇，并没有什么目的地。

海风徐徐吹着，沈默觉得这样的时光真是既短暂又漫长。

短暂得转眼就天黑了。

漫长得像是会就此过完一生一世。

他们在海边看过了落日才回去。回到酒店时天色已经晚了，他们就在酒店餐厅里吃了晚饭。

沈默一直奇怪季明轩手上的颜料怎么没褪掉，后来围观了一下他洗手，才知道是怎么回事。他洗得很细致，特意把水龙头开到最小，避开了那一小块地方。

沈默又是感动又是尴尬，难得强势一回，强迫他把手上的图案洗了。

季先生为此不大高兴，整个晚上都黑着一张脸。

沈默没空去哄他，因为被季宁缠住了讲故事。

季宁临睡前才见着他们，兴奋了没多久就被季明轩押着去睡觉了。他委屈地躺在被窝里，要求听大灰狼和小白兔的故事。

沈默就坐在床头给他讲了故事。

季宁听完后眨了眨眼睛，嘟着嘴说："跟上次爸爸讲的不一样。"

"你爸爸怎么说的？"

"爸爸说，大灰狼和小白兔永远在一起了。"

沈默心中一动，回头去找季明轩。这时才发现，就在他给季宁讲故事的时候，季明轩已经靠在床边睡着了。

季宁扑过去叫："爸爸——"

沈默连忙抱住他，压低声音说："嘘，让爸爸好好睡一觉。"

从昨晚到今天，他是够累的了。

沈默把季宁塞回被子里，哄着他睡了觉，然后从隔壁抱来一床被子，小心地盖在季明轩身上。

季明轩仍旧熟睡未醒。

昏黄灯光下，沈默发现他的睫毛特别得长，在脸上投下淡淡的影子。

沈默给他掖好被子，低声说："季先生，晚安。"

沈默在岛上多住了几天，玩得尽兴了才重新订回国的机票。

季明轩这几年在国外发展，工作重心也都转到了国外，倒不是说回去就能回去的，因此没有陪沈默一道回国。他机票订得稍晚一些，沈默出发那天，就带了季宁去机场送他。

虽然分别在即，但季明轩并不多说什么，只对沈默道："等我忙完了事情就过去找你。"

沈默笑着说好。

反而是季宁对沈默依依不舍，一个劲地问"叔叔要去哪里""叔叔什么时候回来""叔叔为什么不跟我们一起走"等等问题。

沈默耐着性子一一回答："叔叔要回家了，暂时不会再来，不过小宁以后可以来叔叔家玩。"

"真的？"季宁仍不相信，非要跟沈默拉勾。

沈默便弯下身，跟他勾了勾小指，道："叔叔要是说谎了，就罚我……被大灰狼叼走。"

季宁这才信了，一脸稚气地说："叔叔千万别被大灰狼叼走，不然我就见不着你了，爸爸有叔叔的照片，我可没有。"

沈默怔了一下，问："什么照片？"

"就是爸爸放在钱包里的那张……"

话还没说完，季宁已被季明轩一把抱了起来。

他作势在季宁屁股上拍了一下，道："叔叔就要上飞机了，让他多休息一会儿，别缠着他说话，知道吗？"

季宁有些不情愿地说："哦。"

季明轩哄他道："听话。"

沈默忍不住叫了一声："季先生。"

季明轩若无其事地与他对视，什么解释也没有。

沈默无奈，想了想说："我口渴了，想去买瓶水喝，季先生的钱包借我用一下。"

季明轩黑眸一眯，说："我去买。"

说完就抱着季宁去买水了。

沈默站在原处，远远看着他们父子俩的背影。

难怪季宁一见他的面就跟他这么亲近，看来不是毫无原因的。只是……季先生的钱包里放着他哪张照片？

沈默不爱照相，印象中没跟季明轩合影过，他以前拍的那些也都留在那间出租屋里了，季明轩哪里来的照片？

沈默心中好奇，等季明轩买了水回来，他又是一番旁敲侧击。奈何季先生严防死守，任凭沈默怎么追问，他就是不肯透露半分。

再过不久就该登机了，沈默没办法，只好去问季宁："那张照片拍得好不好？"

季宁还没出声，季明轩已经将他按进怀里，然后说："很好看。"

沈默吓了一跳，道："我问的不是这个……"

季明轩只是笑笑，放开怀中的季宁道："该过安检了。"

沈默看看时间确实差不多了，就跟季明轩父子道了别，走去办登机手续。

他每年都来S岛旅游，但只有这一次，心情大不相同。他坐在飞机上回想这几天发生的一切，觉得像做了一场梦似的。

回程时因为要转机，又花了不少时间，沈默到家时都快半夜了。他给季明轩发了条短信报平安，接着就倒头睡下了。

他睡到第二天中午才起来，自己随便煮了点面吃，下午开车去画室转了转。当然还是没生意，杨月闲得都在打苍蝇了，见了他自然是大喜过望。

"老板，你总算回来了！这次怎么去了那么久？"

"嗯，忍不住多玩了几天。"

"有没有给我带好吃的回来？"

"当然带了。"沈默取出在当地买的特产，道，"哪年没有给你带？"

杨月笑嘻嘻接过了，说："还是老板最好了。你这次出去玩，有没有碰上什么艳遇？"

艳遇?

沈默顿了一下，一时没答上来。

杨月立刻嗅到了八卦的味道："有吗有吗?真的有吗?是什么样的?大长腿的异国美女?"

沈默摇头道："别瞎想了，好好干活。"

"生意都没有，哪有什么活干啊。"

"现在没有，以后就有了。"沈默一边整理东西一边说，"再过几天就开学了，肯定不少学生要学画画，咱们把广告打出去，应该能接到些生意。"

他看一眼杨月说："要是你觉得人手不够的话，就再招个人来帮忙吧。"

杨月惊讶地瞪圆了眼睛。"老板你是怎么了?以前不都能偷懒就偷懒吗?怎么突然变得勤快起来了?"

沈默有些不服气："我哪有这么懒?"

接着又感慨道："不过现在是不一样了。"

"为什么?"

"因为……"想起远在国外的那两个人，沈默眉眼间染上淡淡笑意，"我要赚钱养家啊。"

杨月的表情不能只用惊讶来形容了，她走近了几步，盯着沈默道："老板，我记得你是单身吧?"

沈默答得含蓄："以前是。"

就这么一句话，已足够小姑娘展开丰富的联想了。

"啊啊啊，老板你要结婚了吗?还是已经结婚了?在国外一见钟情?海边的浪漫相逢?是不是像拍电影那样?"

沈默没有答她，指着角落里的一处蜘蛛网道："是不是很久没打扫了?趁着今天有空，来做个大扫除吧。"

"老板你别转移话题!"杨月追过来说，"未来的老板娘是不是外国人?糟糕了，我英文这么差，以后怎么跟她交流啊?"

沈默心里一乐，简直佩服杨月的想象力，道：“哪有什么老板娘？只是要准备点孩子的教育经费……”

“孩子？”杨月上下打量沈默一番，道，“老板你真是神速！”

沈默知道她是误会了，哭笑不得道：“孩子已经三岁了。”

“对方是二婚？”

“不，这件事比较复杂。”

杨月点点头：“我懂我懂。”

不就是未婚先孕嘛，女方一个人辛苦带孩子，然后终于遇到了生命中的真爱——也就是她家老板。

她朝沈默比了比拇指，说：“老板真是好男人。”

沈默猜她是误会得更严重了，知道一时半会儿解释不清楚，反正以后见了面就知道了，也就没再说下去了，专心打扫起来。

杨月自行想象了一个曲折美好的爱情故事，算是满足了自己的好奇心。

一下午过得飞快。

晚上杨月下班后，沈默正想叫外卖吃，就接到了季明轩打来的电话。当然并没有什么要紧事，只是随意地聊些日常琐事，光这样就聊了半天，最后沈默的手机都发烫了，才不得不挂断了电话。

季明轩那边有不少事要处理，预计再过一个月才能回国，沈默便趁着这一个月忙碌起来。他整天跑来跑去地不见人影，难得回一趟画室，也都是在埋头画画。

杨月探头探脑地想看他在画什么，沈默没给她看。

一个月的时间比起在岛上的那几天是太漫长了，好不容易等到季明轩回来，沈默提前开车去机场接人。

季明轩没带多少行李，一身潇洒的从出口走出来，季宁没跟他一起来。

沈默迎上去问：“小宁呢？”

“季宁年纪太小，换了新地方会不适应，所以等这边安顿好了再接他过来。”

沈默问：“季先生打算住哪里？还是原来的别墅吗？”

季明轩静了片刻。

沈默知道那幢别墅是季明轩和季安安从小长大的地方，现在住进去难免触景伤情，他于是道：“要不要去我那里？”

季明轩听了这话，连一句回答也没有，直接说：“走吧。”

上了车仍是沈默开车。季明轩问他：“你现在住哪里？”

沈默笑说：“到了就知道了。”

他一路往市中心开去。

季明轩出国几年，一开始只注意到H市这些年的变化，后来渐渐发觉这条路有些熟悉。他没看身边的沈默，双眼望着前方问：“沈默，你开去哪里？”

沈默仍是那句话：“很快就到了。”

市中心的黄金地段有一处住宅区，闹中取静，靠一条林荫大道隔开了都市繁华。

沈默的车正开向那里。

季明轩眼皮跳了跳，手心微微渗出一点汗。车子缓缓停下，他已认出了这个地方——锦绣山庄。

沈默停稳车子，拉开车门道：“季先生，下车吧。”

季明轩坐着没动，眸色既深且沉，看向沈默道：“为什么来这里？”

“季先生忘了吗？你虽然让陈律师收回锦绣山庄这套房子，不过我当时并未同意，所以钥匙仍在我手上。”

季明轩眼神一动，说：“嗯，你还留着那把钥匙。”

这次没等沈默再催促，他就开门下了车。

这么些年过去了，锦绣山庄变化不大，只门口的保安换过了一批。沈默这些日子时常进出，倒是跟保安们混熟了，仅靠刷脸就能进去了。

沈默名下那套房子是在七楼，按说是该坐电梯的，但他却对季明轩道：“季先生，不如我们走楼梯吧，我有些话跟你说。”

季明轩并无异议。

两人拾阶而上，一层一层地走上去。

楼梯间少有人经过，自然是静谧无声的，沈默一边走，一边将当年的事娓娓道来。

“……我摔下楼梯之后，被人送进了医院，虽然没受什么伤，却记不起那半年里发生的事了。”

沈默说完之后，停下脚步看着季明轩，“若非如此，我肯定早已来过锦绣山庄了。”

季明轩安静听着，脸上没什么表情，像是根本无动于衷，但他如此平静，又像是有点风雨欲来的意思。

沈默心中惴惴，过了好一会儿，才听见他问：“痛吗？”

“什么？”

“你那时不是从楼梯上摔下来了吗？”季明轩眼底的种种情绪，最终只化作成如水的目光，落在沈默身上，“痛不痛？”

一霎时，沈默觉得满世界都是自己的心跳声。

这个人在他神志不清时被他当作周扬，在他清醒过来后被他彻底遗忘，而他现在知道一切，却对那些过往一字不提，只是问他，摔得痛不痛？

“季明轩……”

沈默有些失态，拼命眨了眨眼睛，才把眼底的那点水汽逼回去。

季明轩笑道：“看来是真的很痛了。”

沈默揪着他衣领，连季先生也不叫了，只管叫他名字。

季明轩应了几声，说：“还剩下三层楼，不如我背你上去吧。”

沈默这才抬起头，眼睛仍是红的，说：“我只是有点难受，又不是走不动路了。”

季明轩认真道：“等你走不动路时，我也这样背你。”

沈默一听这话，就没办法拒绝他了。

季明轩弯下身来，将沈默背在背上，先掂了掂重量，然后再背着他往楼上走。

沈默伏在他背上，总算缓过些劲来，问：“季先生不知道我失忆了，那几年……以为我故意不理你么？”

季明轩自嘲道：“我不就是个陌生人？”

沈默闷闷道：“不是……”

他想一想那时候的季明轩，心里又难受得不行，过一会儿才问：“季先生以前常过来锦绣山庄？”

季明轩立刻答：“偶尔来一趟而已。”

沈默知道这答案要反着理解，就接着问：“你一个人在这里干什么？”

季明轩干脆不理他了。

沈默怎么追问他都不说话，只把人背稳了，一口气走完三层楼。到了七楼，沈默从季明轩背上下来时，才听见他低声说了一句话。

沈默一下定在了原地。

季明轩快步走到门口，朝他招了招手道：“钥匙呢？”

沈默回过神，连忙翻出了钥匙开门。他手有些抖，拿着那把钥匙，竟试了几次都塞不进锁孔。

还是季明轩帮他把钥匙插进锁孔里。

只听“咔哒”一声，那扇门终于开了。沈默与季明轩对视一眼，心中都有种说不上来的滋味。

屋子是早已打扫过的，装修与家具都是季明轩记忆中的样子，只有一些小细节做了改动。墙角上装了防撞条，插座上安了防护罩，一些电器也都换成了有儿童锁的，这些是沈默这一个月里忙碌的成果。

季明轩打开卧房，见主卧基本没动过，次卧则改成了儿童房。

沈默解释道：“家具都是现买的，没有油漆过，小宁可以直接住进来。”

季明轩点点头，接下来只剩一间书房了，他的脚步却有些迟疑。他在书房门口来回走了两遍，才慢慢推开那扇门。

书房仍是他当年亲手布置的样子，房间的采光相当好，地上铺满了各种绘画工具，墙上则挂满了各式各样的画。

只不过那些画已经换过了。

画中的主角全部都是同一个人。季明轩一眼就认出那是他自己——他微笑的样子，他皱眉的样子，甚至是他面无表情的样子，每一种神态都描画得惟妙惟肖。

落款处的签名是他最熟悉不过的两个字。

沈默。

季明轩回头去寻沈默。

沈默正站在他身后，问："我画得怎么样？"

他有点小紧张，补充道："一个月的时间是太赶了，我又是用右手画的，没法画得太细致。"

季明轩已对上他的视线，又很快别开眼睛，淡淡道："还可以。"

不知是不是错觉，沈默发现他耳后的一小块地方微微发红。他从衣袋里取出早已准备好的东西，然后递了过去。

季明轩道："沈默？"

"季先生，我会好好赚钱养家的，我……"沈默鼓足勇气，终于把接下来的话说完了，"我想跟你一起照顾季宁，可以吗？"

季明轩没有作声，只是微微笑了一下。他表情比任何一幅画上的都要动人，伸手接过了沈默递过来的钥匙。

END

番外一 回忆

那是一张证件照。

照片上的人仍是学生模样，嘴唇微微抿着，表情专注地瞪着镜头，拍照时也是一副认真劲儿。他相貌算不上出挑，只一双眼睛格外的黑，藏在略短的刘海底下，映得身后红色的背景也都黯然失色了。

这张照片贴在季明轩前不久刚拿到的调查资料上。季明轩一目十行地看完了资料，知道照片上的人名叫沈默，是T大美术系的一名学生，今年刚毕业，目前还在找工作。

季明轩有次应邀去T大开个讲座，就见这个叫沈默的坐在第一排，明明一副听不懂的茫然模样，还全神贯注地在书上做笔记。

季明轩当时只觉得有趣，没有料到他就是周扬的同学。

资料后面还附了几张照片，拍的是沈默和周扬一起画画的场景。听说他们两个志趣相投，早就商量好了一块儿出国深造。

季明轩抬手按了按眉心。

他妹妹季安安跟周扬是青梅竹马，从小就喜欢周扬，让两人结婚也是周季两家乐见其成的事，现在看来，这一番盘算注定是要落空了。

车子在这时缓缓停了下来，司机回头道：“季先生，周宅到了。”

季明轩“嗯”了一声，将那份资料放回文件袋里。他想了想，终究没有带出去，只随手扔在车上，开门下了车。

周父周母知道他今日要来，早在客厅里等着了。佣人轻手轻脚地端上茶来，又悄无声息地退下去。

季明轩拿起茶杯喝了一口，是他喜欢的铁观音。

寒暄过后，周母开门见山，直接开口道：“明轩，安安跟周扬一起出国留学的事，我们不是早就说好了吗？怎么这时候又说要再考虑考虑？”

季明轩斟酌着答：“我觉得不太合适。”

“周季两家联姻的事，我们之前早就商量过了，有什么不合适的？”

“你们知道的，安安的病……”

周父周母对视一眼，仍是由周母出面道：“我们两家也不是外人，安安的身体状况，我跟你伯父早就清楚了。不过这也不算什么大事，想当年你父亲跟你母亲，不也是这么结婚了？”

季明轩微微动容。

他父亲跟母亲一直恩爱，确是城中一段佳话。虽然两人也是商业联姻，但他父亲一生钟爱体弱多病的母亲，将她呵护得无微不至。甚至他母亲因病过世之后，他父亲也没有再婚。

周母也是在商场上摸爬滚打过来的，最擅察言观色，趁势道：“其实安安这样的情况，嫁给我们家周扬才是最好的。至少知根知底，你也可以放心，不是吗？”

何况两家有利益上的牵扯，这样的结合，远比所谓的情爱更为牢固。

这句话周母虽未说出来，但在座的三人都是心知肚明。

季明轩的确犹豫，不过并未被她说服，只道：“就算安安这边没问题，周扬也未必乐意。”

“明轩，你这句话是什么意思？”

“据我所知，周扬并不想继承家业，而是打算出国学美术。”

周母脸色微变。

倒是周父呵呵笑起来，说：“男人嘛，年纪轻还贪玩，等以后结了婚就好了。”

季明轩没有接话。

周母盯着他道："看来明轩已经找人调查过周扬了。"

"我当然要为妹妹的幸福着想。"季明轩笑笑，道，"总之出国一事，伯父伯母还是问过了周扬的意思再做决定吧。"

他之后就换了话题，又随意聊了几句，尽足了礼数才告辞离去。

这番谈话季明轩没有给季安安知道。他的宝贝妹妹，只要打扮得漂漂亮亮的，永远当城堡里的公主就好。外界的风风雨雨，并不需要她去操心。

没想到几天后，季安安主动提起了出国的事。

季明轩压下心中惊讶，笑问："谁跟你提这件事的？"

"周扬啊，他说他爸妈跟你商量过了，难道不是吗？"

季明轩眸色一沉，问："周扬也同意出国了？"

"当然，不然他干吗跟我提？"季安安摇着季明轩手臂撒娇道，"哥，你到底让不让我去？"

季明轩没有答她，心中念头急转，面上却没露出分毫，只是拍了拍季安安的手问："安安，你真这么喜欢周扬？"

"哥！"季安安跺了下脚，脸上微微泛红，"我从小就喜欢他，你又不是不知道。"

"为什么喜欢他呢？"

"他……是我从小的梦想。"

就像白雪公主期待遇上白马王子一样，或许每个少女都会有这么一个梦。

季明轩温柔地注视着妹妹，问："如果周扬不喜欢你呢？"

季安安甜甜一笑，没有因这个假设而生气，只是说："那我也还是喜欢他，一直喜欢。"

她虽然遗传了母亲的病，性格却更像父亲，在感情上特别执着。当年他们兄妹俩的母亲过世后，父亲思念成疾，不多久也去世了。

这仿佛是季家人的通病。

当然季明轩可不会感情用事，他衡量了一下利弊，觉得周扬以前若真的只是逢场作戏，以后好好对待安安，再加上有季家的财力做后盾，也不是不能考虑。

“哥，”季安安还在追问，“你到底让不让我去？”

“放心，”季明轩看着她满怀期待的样子，笑道，“会如你所愿的。”

他只有这么一个妹妹，季安安想要的一切，他自会捧到她面前去。

出国的手续很快就办好了，半个月后，季明轩送季安安上了飞机。周扬当然也是一起去的，季明轩对他没什么好感，只是点了点头算是打过招呼了。

回去时只得季明轩一个人。广播里有人用沙哑的嗓音唱着一支老旧的情歌，季明轩微觉惆怅。在一个十字路口等红灯时，他不期然地想起一双乌黑的眼睛。

那眼睛黑湛湛的，无论看人还是看镜头的时候，都透着一股认真劲。

他叫什么名字来着？

对了，是沈默。

季明轩觉得还算是人如其名，周扬跟安安一起出国了，不知道他怎么样了？趁着红灯还没跳绿，他从后座取过那份资料来又翻了翻。

看到那张学生模样的照片时，他忽然心中一动，取出手机打了通电话。

“喂，是我。嗯，上个月让你调查的那个人，给我盯着他点……没什么大事，跟上几天就行了……”

挂断电话后，季明轩开车回了家。

等他接到那边打回来的电话时，已经是在自家书房里了。他得到一个意想不到的消息——沈默失踪了。

“什么时候的事？嗯，还能怎么办？当然是找。”季明轩当机立断，说，“派人出去找。”

他挂了电话，在书房里来回走两圈，心中已经有了猜测。

那边周扬刚跟季安安出国，这边沈默就出了事，还能是谁干的？想不到周伯母不但在商场上杀伐决断，处理起儿子的事来，也一样心狠手辣。

然而这一切跟他并无关系。他不过是在周家提了一下这个人，之后的事都该由周扬来做决定。

但他若是从来没有找人调查过沈默……

季明轩慢慢坐下来，将手中那份资料翻来覆去地看了几遍，终于伸手撕下了上面那张照片。

他直到第二天才得到沈默的消息。

他抽出一点空，坐车去一个极偏僻的地方。车子颠簸地开，一路上都是荒芜景象，过了许久才看到一间废弃的旧仓库。

季明轩下了车，不知为何，脚步比其他人都快了些。正要推开仓库那扇门时，有人拦着他道："季先生，里面的情况可能不太好。"

季明轩的太阳穴突地跳了一下，他镇定道："不要紧。"

然后推开了那扇门。

扑鼻而来一股霉味。仓库里暗得很，靠着外面透进来的光线，才能看清地上蜷缩着一个人。那人浑身都是伤，右手伤得尤其严重，整只手都是血肉模糊的，手掌下一滩刺目的红色。

季明轩简直以为他已经死了。他一步步走过去，地上那人动了动，挣扎着睁开眼睛看向他。

季明轩越走越近，那一双乌黑的、安静的眼眸里，便一点点映出了他的身影。

季明轩向来最讨厌医院。

他母亲体弱多病，生下他妹妹不久就过世了。而他唯一的妹妹季安安遗传了母亲的心脏病，从小有一大半的时间是在医院中度过的。他习惯了进出医院，一闻到那熟悉的消毒水气味就觉得厌恶。

而他现在正坐在医院病房里，等待着一个人苏醒过来。

他还是去迟一步，赶到废弃的旧仓库救人时，沈默已经被折磨得不成样子了。他浑身都是伤，右手伤得尤其严重，虽然没有生命危险，但医生说很可能留下后遗症。季明轩记得沈默是学美术的，他正在找的工作都跟画画有关，而他的手……很可能再也无法握起画笔了。

季明轩轻轻喟叹一声。

其实他跟沈默不过是一面之缘，沈默被绑架的事更是与他无关，他得到消息后立刻赶去救人，又将人送来医院，已经算是仁至义尽了，没必要继续留在这里浪费时间。

只是……

季明轩想起他走进旧仓库时，那双乌黑的、透着认真劲的眼眸里映出了自己的身影。他按了按眉心，想，还是等沈默醒了再说吧。

也不知过了多久，床上那人低吟一声，长长的眼睫微微颤动。

季明轩的心也跟着颤了颤，正在这时，手机铃声响了起来。他只好起身去外头接了个电话，等重新踏进病房时，发现沈默已经清醒过来了。

“醒了？”季明轩打量沈默一阵，并未做什么委婉的铺垫，直接道，“医生说你已经脱离危险期了，只有右手的伤最严重，以后可能会留下后遗症。”

沈默的脸色比昏睡时更为苍白。他嘴唇动了动，关心的却不是自己的手，反而吐出两个字：“周扬……”

季明轩知道他必定会问起这个人，冷冰冰道：“周扬人在国外，跟我妹妹在一起。”

他顿了顿，说：“我妹妹是季安安。”

沈默果然听说过这个名字，他抬起头来看向季明轩。那双眼睛黑得纯粹，却少了一些生气，仿佛什么也映不进他眼里。

季明轩忽然有些懊悔留下来了，他抬手整了整领带，直到这时才做了自我介绍："我姓季，季明轩。"

之后季明轩又去医院看过沈默一次。沈默跟他借了手机，当着他面给周扬打了电话绝交。他被毒打被折磨的时候没有松口，却在脱离险境后选择跟周扬一刀两断。他说，不能让自己的家人也遇上危险。

当然这都与季明轩无关了。他后来派助理去探了几次病，自己则没再进过医院。一个月后沈默病愈出院，季明轩整日忙于工作，几乎将这个人忘之脑后了，却辗转拿到了一只手表。是他手下的人在那间旧仓库找到的，他知道应该是沈默的东西。

要物归原主倒是容易得很，他手头的资料有沈默的住址，叫助理跑一趟就行了。那天刚下过一场雨，雨过天晴后，天气格外得好。车窗外透进来一点阳光，落在季明轩修长的手指上。季明轩坐在车子后座，看着司机在城市繁华的街道绕来绕去，最后寻到了那一处老旧的小区。是十几年的老房子了，墙壁上爬满了爬山虎，季明轩的目光划过一个个窗口，猜想着沈默是住在哪一间。

车子停稳后，助理正要下车，季明轩开口道："等一下。"

"季先生？"

季明轩慢慢收回目光，手指敲了敲膝盖，说："还是我去吧。"

他开了车门，从助理手中取过手表，踩着楼梯走上三楼，敲响了其中的某一扇门。

季明轩等了片刻才有人来开门。

屋里扑面而来一股潮味。沈默穿一件松垮垮的衬衫，面上毫无血色，看上去比住院时还要糟糕。但他一看见季明轩就笑了起来。

那笑容胜过屋外明媚的阳光。

他开口叫了声："周扬。"

季明轩怔了怔，说："我不是周扬。"

沈默眨一下眼睛，仔细地看着他，说："你不是周扬是谁？"

边说边将他拉进屋子里。

房间里又脏又乱，显然是好多天没有打扫了，季明轩只跟沈默交谈了几句，就发现他很不对劲——他似乎认定了季明轩就是周扬。

季明轩可不觉得自己跟周扬有什么相似之处。不过这也与他无关，他还了手表就打算走了，沈默却拉着他一起吃饭。

季明轩看见桌上的面包，方才脸色一变，捉着沈默的手道："你吃发霉变质的东西？"

沈默一脸无辜，好像并不知道面包已经发霉，答非所问地说："我记得冰箱里还有些菜，我去给你下碗面吧。"

他刚走了两步，身体就往旁边一歪，差点摔倒在地。

季明轩扶了他一把，这才发现他真是瘦得厉害。他握着沈默胳膊的手紧了紧，道："如果我今天没来，你恐怕会饿死在这间屋子里。"

沈默还是一副茫然的神情，仿佛没听懂他话里的意思，或是对自己的生气毫不在意，只是小声地叫："周扬……"

季明轩没再纠正他的称呼，只是拉着他出了门。

司机和助理还等在楼下。

季明轩将沈默塞进车里，叫助理去附近买了热粥回来。沈默不吵不闹，乖乖把粥吃完了，不时抬起头来看他一眼，眼神十足信赖。

季明轩知道这是他认错人的缘故。

他坐在车里沉吟片刻，对司机道："去医院。"

他为了这个名叫沈默的人，又去了一趟医院，找相熟的医生做过检查之后，结果很快就出来了：是应激性心理障碍。

季明轩见沈默下意识地捏着右手，很清楚他这病是因何而起。好在病情并不严重，只要按时吃药，定期来医院做心理疏导，慢慢就会好起来。季明轩既然揽了麻烦在身，只好忙了一通，给沈默配了药，送他回来后，又监督着他喝了药。

等沈默的药一喝完，季明轩就知道自己应当走了。

他已在这个无关紧要的人身上浪费了太多时间，继续留下去也无意义。

不过他刚打开门，沈默就追了上来，问："周扬，你要去哪里？"

又是周扬。

季明轩在心中叹一口气，回过头去看着沈默，道："我今天只是刚好路过，以后也不会再来了。"

沈默又露出茫然的神色。

季明轩一字一句道："周扬当然也不会来。是继续逃避还是清醒过来面对现实，你自己选吧。"

说完转身就走。

他听见沈默追上来的脚步声，但是没有回头。他今天大半天都绕着沈默打转，许多工作都耽搁了，回公司后免不了加了一晚上的班。第二天也是照常忙碌，只在空下来的间歇，不经意地想起那个人。

如果放着不管的话，他真的会把自己饿死吧？

当然那也只是明日报纸多了新闻头条，与他毫无关系。

季明轩舒一口气，笑自己照顾季安安照顾得久了，见到生病的人就忍不住操心。他今天工作效率特别高，到下午已经把文件都处理完了。他昨天才加了班，今天就没在公司久留，整理一下东西，自己开车走了。离开公司的时候，天上下起了小雨，雨不大，淅淅沥沥地落着，有点儿缠绵的味道。

季明轩走了一下神。

等他回过神来的时候，车已经开到了那处老旧的小区。

季明轩微怔，没想到只来过两次而已，自己竟将路记得这么熟。他迅速恢复了理智，自然没有下车的打算，只是目光一瞥，看到了某道熟悉的身影。

沈默靠坐在墙边，还是穿着昨天那件单薄的衬衫，绵绵细雨早把他的衣服打湿了，他也不知在这地方坐了多久，冻得肩膀都瑟缩起来。

他在饿死之前，可能会先冻死。

季明轩缓缓停下车，心中千头万绪，像这飘飘荡荡的细雨一样，一时没了着落。

他透过朦胧的雨幕看向沈默。

沈默什么也不知道，只是执着的在那里等待着。

他在等着周扬。他不知道周扬远在千里之外，不仅今天不会来，以后也不会再来。

季明轩看了一阵就收回了视线，但依旧没有发动车子，手搁在方向盘上，像是在跟自己较着劲，全世界只剩下沙沙的雨声。

到黄昏时，雨忽然下得大了起来。沈默头顶的一点点屋檐完全挡不住雨了，他身上淋得更湿，但还是一动不动。

季明轩的心却动了一下。

他知道是自己输了。

车里有备用的雨伞，他开了车门下去，打着伞走到沈默面前。沈默看到他，眼睛一下就亮了，像是于无尽的黑暗中看到了光。他站起来抱住他，叫道：“周扬！”

季明轩身体一僵，过了许久许久，才轻轻叹息一声。

沈默淋了一天的雨，到晚上就发起了高烧，季明轩只好请医生过来给他打了针。沈默在睡梦中也叫着周扬的名字，一只手胡乱挥着，不知在找些什么。季明轩想将他的手放进被子里，却被他牢牢握住了，怎么挣也挣不脱。

不过沈默倒是就此安静下来，只嘴唇微微动了动，仿佛说了个“周”字。

季明轩不禁好奇，周扬究竟有什么魅力，能让人这样惦记？他家跟周家算是世交，他对周扬也不陌生，要他来评价周扬的话……嗯，不过如此。

季明轩照顾了沈默一夜，第二天叫来家政打扫了屋子，看着沈默吃完了药才离开。这之后他就让家政照顾沈默的起居，自己隔几天去看看情况。

关于沈默认错人的事，季明轩也解释过许多次，但他要么表示听不懂，要么笑笑地反问：你不是周扬是谁？

季明轩照顾病人的经验丰富，知道沈默这样的是最难缠的，他一头扎进自己的世界里，别人根本拿他没辙。

他有时也觉疑惑，沈默是将所有人都误认为周扬，还是只有他特殊？他有次故意派助理在沈默面前晃悠，结果沈默根本对他不理不睬。

季明轩很是气馁。

他知道自己对沈默太过上心了，也尝试过放着沈默不管，但最后还是找了个理由说服自己：反正他早就习惯照顾人了，现在不过是举手之劳而已。

这样过了大半个月，季明轩才发现沈默每夜都做噩梦。他被噩梦折磨得不敢入睡，难怪每天好吃好喝地养着，人反倒又瘦了一圈。

至于他做的是什么梦，季明轩不用猜也知道了。

他刚送沈默去医院做过检查，知道他现在的状况不适合一个人住了，当即调转车头，打算带他回自家的别墅。谁知沈默死活不愿意，还跟他抢起方向盘来，差点造成车毁人亡的惨剧。

沈默坚持要在那间出租房里等人。

他等的人是谁，他们俩都心知肚明。

季明轩停下车子，回头凝视沈默。

沈默毫不退让地对望回去。

最后还是季明轩败下阵来，开车送了他回去。不过他也不放心沈默一个人呆着，权衡再三后，抱着被子睡在了沙发上。出租房小得很，卧室的门正对着客厅，沈默夜里没有关门，熄了灯之后，季明轩能借着月光看见他缩在被子里的样子。

季明轩身高腿长，睡在沙发上当然不舒服，来来回回翻了几次都睡不着。沈默也跟着没睡，目光一直落在他身上。

季明轩干脆不睡了，回头望了沈默一阵，在这一片寂静中问："究竟在你眼里，是所有人都像周扬呢？还是只把我认作他？"

沈默似乎笑了笑，笃定地说："当然只有你是特别的。"

季明轩恍了恍神。

随后就听见沈默叫道："周扬？"

这个名字将他一下拉回现实中来。

他安静了一会儿，嗓音在黑暗中格外的低沉，柔声道："睡吧，我在这里。"

之后季明轩就在这小小的出租屋里住了下来。有他在这里，沈默果然不再做噩梦了，两人相安无事，倒是过了一段平静的时光。

季明轩第一次意识到事情有些失控，是某天下午沈默突然失踪了。

沈默因为生病的缘故，一直都是迷迷糊糊的，还失去了一部分记忆，尤其把自己被绑架的事忘得一干二净。但那天不知为何，他找出了许久不用的画笔，发现了自己右手受伤、不能再画画的事。他当时也没多说什么，抹一抹眼泪就去做饭了，季明轩察觉他情绪不对，第二天特意中午就回去了一趟，没想到沈默竟然不见了。

望着空荡荡的屋子，季明轩当时倒是不慌不忙，立刻让司机和助理帮着找人。他把附近都找遍了，最后才在一家超市找到了沈默。

沈默穿着超市员工的衣服，正认认真真地整理货架呢。

季明轩悬着的心终于落下来，到这时才发现自己手心里都是汗。

他有种失而复得的感觉。

沈默没心没肺的，一副状况外的样子，还问他：“周扬，你怎么来了？”

季明轩自动屏蔽了前两个字，走过去叫他的名字：“沈默。”

他把这个名字重复了许多遍，沈默十分乖巧的听着。

后来解释起这件事，沈默还是理直气壮的，说他既然不能画画了，当然要另找工作养家。

季明轩没同意。

他看过沈默画的画，有没有天赋暂且不提，至少他看得出沈默是真心喜欢画画的。所以他联系了最顶尖的医院最一流的专家，决心要治好沈默的手。

沈默的伤其实有些耽误了，专家会诊的结果是，必须再进行一次手术。

季明轩很快安排好了一切。理论上说，这只是一个小手术而已，但手术前一晚，陪着沈默在病房里等待的时候，季明轩竟有些紧张。

他上一次这么紧张，还是许多年前，季安安进手术室的时候。当时他的父母都已过世，他只剩下季安安一个亲人了。

那个时候，季安安就是他的全世界。而现在，有另一个人挤进了他的世界。

季明轩就算再紧张，面上也是不动声色的，只在病房里来回走了几遍，又用微微僵硬的手拍了拍沈默的手，说：“别怕。”

“我没怕啊，”沈默笑了笑，反过来安慰他，“不过是个小手术而已，成功了当然好，失败了也不可惜。”

季明轩有时真想不明白沈默。明明脾气软得像是谁都可以欺负，可一旦固执起来，却又倔强得要命。

所以在他面前，他无论怎样挣扎抵抗，最后还是只能缴械投降。

沈默的手术十分成功。

不过这仅仅是治疗的第一步，后面还有一系列的复健要做。尤其是医生开得一大堆中药，味道诡异得难以下咽，好在沈默从不闹脾气，无论什么都一股脑儿喝下去。

天气渐渐转凉，沈默体质差，冬天特别怕冷，一双手总是冷冰冰的。季明轩便取了药酒给他按摩。由指尖开始，一根手指一根手指的按过去。

这绝不只是举手之劳了，但季明轩乐在其中，根本无需再找借口说服自己。

这天按摩手指的时候，沈默跟季明轩随意闲聊着，提到以后能不能再画画的事。

季明轩当然坚信付出了就会有回报。

沈默笑了一下，叫他道："周扬。"

他说："等我的右手痊愈了，能重新开始画画的时候，第一个就画你，好不好？"

季明轩的动作顿了一顿。

他要画的人是周扬。

季明轩觉得心里像被什么东西扎了一下，也不觉得怎么疼，只是别扭得难受。他低着头，把沈默的手拢在掌心里，过了一会儿才答："……好。"

他知道自己是陷得太深了。

刚好新年将近，季明轩飞去国外看季安安，也算是趁机避开了沈默。临走前他还是做了一番安排的，沈默说要回老家跟父母团聚，他就让助理提前订好了车票。

即使如此，他人在国外的时候还是时刻挂心沈默，连季安安都忍不住抱怨："哥哥最近总是心不在焉。"

季明轩唯有苦笑。

偏偏季安安还总爱把周扬挂在嘴边，让他不时想起留在国内的那个人。

也不知他是不是前世跟周扬有仇，他最在意的两个人竟然都只想着周扬。

因此新年聚餐的时候，季明轩坚决不同意邀请周扬。季安安只得作罢，跟季明轩两个人吃了顿大餐。季明轩照常送了新年礼物给她，季安安欢呼一声，把不能邀请周扬的不快抛之脑后，抱着季明轩狠狠亲了一口。

季明轩板着脸瞪她一眼，心里倒还算受用。他估摸着国内也快到零点了，就取出手机给沈默打了个电话。

沈默当然还没睡，两个人闲聊了几句，沈默问他国外好不好玩，他问沈默过年吃了些什么。沈默一口气报出一大堆菜名来，季明轩听着听着，却觉得有些不对。

电话那头太过安静了，沈默不是回老家过年了吗？怎么会这么冷清？

季明轩捏着电话，冷不防问一句："沈默，你现在在哪里？"

沈默答得飞快："在家啊。"

季明轩又问："一个人？"

沈默迟疑了一下，才用欢快的语气答："我回老家了，我爸妈都在呢。"

说完之后，又急急忙忙补充一句："爸妈喊我放鞭炮呢，我先挂了。"

沈默是不会说谎的那种人，季明轩立刻猜到是怎么回事了，但他没有揭穿他。那个名字在他心头打个转，最后用一种奇特的语调念出来："沈默。"

沈默没有做声。

十二点的钟声响了起来，鞭炮声隆隆作响。季明轩有许多话要说，却只是隔着一根电话线，隔着千里万里，说了句："新年快乐。"

沈默回他："新年快乐。"

挂断电话后时间还早，季明轩草草吃完了大餐，又给助理拨了个电话，让他查查沈默的事。助理那边效率极高，没多久就查到沈默根本没回老家，就是窝在那小出租房里过的年。

再往下一查，才知道沈默跟父母大吵过一架，早就被赶出了家门，根本就无家可回。他一个人留在那个出租屋里，也不知会不会又做噩梦……

季明轩深悔在这件事上疏忽了。

这个年虽然还没过完，他的心已经飞回国内了。季安安向来懂事，见季明轩打完电话后就一直走神，便大方道：“要是公司有什么事，哥就先回去忙吧，反正你已经陪我过完年啦。”

季明轩摸了摸她的头发，道了声抱歉。

他费了一番周折，才弄到一张回国的机票，十几个钟头后，已经站在那熟悉的出租房外了。

他知道沈默就在屋里，要抬手敲门时，却又迟疑起来。他明明是打算避着沈默的，现在这样赶回来，岂不是前功尽弃了？

更要命的是，沈默可能连他的名字也记不住，在他的眼里，他一直都是那个名叫周扬的人。

季明轩一只手举起来又收回去，过了许久，才敲响了面前那扇门。

沈默很快就来开门了。他显然是刚睡醒的样子，头发乱七八糟地翘着，身上的睡衣也是皱巴巴的，脸上带点茫然的神色。但是一见季明轩，就不自觉地露出了笑容。

季明轩顿觉心中一片柔软。见到沈默的这一刻，他先前的所有犹豫都消失不见了。

沈默的右手恢复得很好，按照医生的说法，再过不久就能重拿画笔了。

季明轩查过沈默的详细资料，知道再过不久就是沈默的生日了。他长到这个年纪，只给季安安送过礼物，该给沈默送些什么，实在是没有头绪。他也试探着问过沈默，但沈默对这件事不怎么热心，季明轩就决定自己看着办了。

他在锦绣山庄那儿有一套房子，闹中取静，是寸土寸金的地段，但因平常都住别墅，那里一直空着。他想起看过沈默的一幅画，画的是他梦想中家的样子，他便叫人照着那幅画重新装修了房子。

尤其是原本的书房，是采光最好的房间，季明轩特意改成画室，各种绘画工具也都买齐了，只是墙上看着空荡荡的。

季明轩想了一想，干脆把沈默的画挂了上去。那些画有风景的，有人物的，有正式的作品，也有随手涂抹的草稿，只有落款处的签名是一式一样的。

他收集这些画也费了不少功夫，不过再怎么麻烦，也毕竟是钱可以解决的问题。

最难的是用钱也办不到的事。

季明轩挂好了画，自己觉得还算满意，只是虽然准备好了礼物，却不能这样直愣愣地送出去，他参考以前给季安安送礼物的经验，去礼品店买了个盒子装钥匙。

导购给他挑了个漂亮的盒子，听说是生日礼物，还精心包装了一番，在上面贴了个蝴蝶结。

这天是周五，明天就是周六了，也正好是沈默的生日。季明轩提前完成了一部分工作，只要晚上再处理几份文件，明天就能空出一天陪沈默了。

他下班后绕去蛋糕店订了蛋糕，然后开车回了那个旧小区。他停车后没有急着下车，只是把装钥匙的礼品盒拿在手里翻来覆去的看，一会儿放在车里，一会儿揣在怀中，总觉得热得烫手，搁哪儿都不合适。

他定了定神，抬头望一眼面前的那幢楼。

如果沈默肯收下他的礼物，那他们再过不久就要搬离这个地方了。季明轩在这小小的出租房住久了，竟然有些不舍。

他深吸一口气，终于开了车门，像第一次来这里时那样，踩着楼梯走了上去。他知道这幢楼的某间屋子里亮着灯。

有一个人正在等着他。

番外二 秘密

钱包里夹着一张证件照。

照片上的人还是学生模样，刘海剪得极短，露出光洁的额头和明亮的眼睛，嘴唇微微抿着，看起来有点严肃的样子。

沈默记得这是他大学时拍的照片，用来贴在求职简历上的，也不知季明轩是从哪里找出来的，还天天放在钱包里。沈默左看右看，都觉得这张照片拍得不怎么样，正想从钱包里取出来，就听房间里传来了动静。

他忙把钱包塞回季明轩的外套里，悄悄溜回了房间。

季明轩翻了个身，半闭着眼睛问："你刚才去哪里了？"

沈默道："去了下洗手间。"

再顺便看了看季先生的钱包。

后面那句话沈默当然没说出来。

季明轩道："今天我休息，再多睡一会儿。"

但当了父亲的人是没有假期的，沈默提醒他道："小宁很快就要起床了。"

季明轩"唔"了一声，倏然睁开眼睛，先是瞧了瞧沈默，然后才起身去找衣服穿。而沈默已听见季宁在外面敲门了。

他先是喊："爸爸！"

隔一会儿又换成："叔叔！"

把门敲得咚咚响，一副敲不开门不罢休的架势。

季明轩洗漱过后，已是一副神清气爽的模样，走过去开了门抱起季宁道："走，吃早饭去。"

季宁挥着小胳膊问："叔叔呢？"

沈默听见季明轩答："叔叔昨晚累得很，乖，别吵他。"

早上赖着不肯起床的人究竟是谁？

沈默真有些哭笑不得。他是那种闲不住的人，休息的日子也不愿偷懒，没多久就洗漱好了，打算趁着天气好擦擦窗户什么的。

不过刚吃过午饭，季明轩就交给他一项任务，陪他去买袖扣。

其实这事还是沈默先提起来的，季先生很喜欢他当初挑的那对袖扣，但是成天戴着这一对也不合适。季明轩从善如流，立刻表示要改，条件是沈默陪他一起去挑。

正好今天有空，沈默当然不会拒绝。他下午哄季宁睡着后，就跟季明轩出了门。

自打季宁从国外回来，两人成天都是围着孩子转，倒是很久没有单独出来过了。路上季明轩就说："我们晚上在外面吃饭。"

沈默道："可是小宁……"

"季宁有陈姐看着，没事的。你不必这么宠着他。"

"他毕竟换了新环境，还不大适应。"

季明轩瞥他一眼，哼哼道："你在他身上花的时间未免太多了。"

沈默好笑道："小宁长得很像季先生啊。"

季明轩又哼了一声，就没再说话了。沈默偷眼瞧他表情，觉得他心情还算不错。

他们买东西也没特别挑地方，就在市中心的商场里逛了逛。沈默其实不知道怎么选袖扣，看来看去也没主意，只好问季明轩喜欢哪种的。

季明轩指了指身上的西装，说："跟这个相配的就行。"

沈默就照着这个标准去挑了。他没想到会遇上认识的人。也是巧了，上次买完袖扣也是遇到这个人，就是同他们一起吃过饭的赵奕。

沈默记得他曾经红过一段时间，但后来就渐渐不再出现在屏幕上了，也不知是息影了还是别的什么。本来沈默也认不出他，但他的样子实在太引人注目——他一边脸颊高高肿起，明显是受了伤，左脚的鞋子也没了，就这么一瘸一拐的，赤着一只脚走路。

虽然是如此狼狈的模样，赵奕却仍是一副从从容容的态度，无视别人讶异的目光，径直走过来叫导购拿一双鞋子。

接着他就坐下来试鞋，动作十足优雅，像是坐在镜头前面似的。几个导购偷偷看他，他还抬起头来微微一笑，笑得小姑娘脸都红了。

沈默正想围观一下，就被季明轩扳过了头说：“专心办你的事。”

关于季明轩跟赵奕的关系，沈默始终没有弄明白，何况已经过了这么多年，现在提起来也是尴尬。所以他没有多问，只是兢兢业业地继续挑袖扣，总算挑到一款暗红色的，跟季明轩的西装还算相配。

季明轩看过后，满意地点了点头。

沈默就拿着钱包去结账了。

这时赵奕已换好了鞋子，走过来同季明轩打了个招呼。

季明轩看着他脸道：“看来你过得不太顺心。”

赵奕“嗤”地笑了声，扬了扬头说：“是我自己选的路。”

并无后悔的样子。

季明轩就不再多说了。

赵奕望了望正在刷卡的沈默，说：“怎么是沈先生在结账？”

“当然。”季明轩还挺得意，说，“现在是他在养家。”

赵奕怔了怔，表情有点难以形容，过一会儿才感慨道：“当初可真是没想到。”

季明轩没接话。沈默付完了账回来，见赵奕也站在旁边，一时拿不准该不该打招呼。

赵奕倒是大方地叫了他一声："沈先生，好久不见。"

沈默就跟他寒暄了一下。

才说了几句话，季明轩一个眼神扫过来。沈默立刻会意，忙取出刚买的袖扣给他戴上了。

赵奕在旁边看不下去，跟两人道过别后，挥挥手走了。

季明轩看了看袖扣，嘴角微微弯起来，心情愉悦度明显跃升一个等级。

时间已经不早了，两人在附近找了家饭店吃晚饭。沈默现在已经摸清了季明轩的喜好，点的都是他爱吃的菜。

吃着吃着，季明轩忽然道："你不问问我跟赵奕是什么关系？"

沈默"哦"了一声，问："什么关系？"

季明轩道："因为工作需要，一起吃过几顿饭而已。"

沈默还是说："哦。"

其实那都是几年前的事了，他还真是不太关心。但季先生显然并不满意他的反应，接下来全程都板着一张俊脸。

沈默觉着他喜怒无常的毛病越来越严重了，有点向季宁看齐的趋势。

快吃完时陈姐打过来一个电话，说季宁闹着不肯吃饭，两人忙急匆匆地赶了回去。

季宁一下午没见到他们，果然有点小情绪，非但不肯吃饭，而且还大哭了一场，泪珠子都滚到腮边了。沈默心疼得要命，又是哄又是骗的，最后拿出手机来给他玩了会儿游戏，才哄得他破涕为笑。

陈姐把冷掉的饭菜重新热了一下，季宁乖乖吃了小半碗，吃过饭后就歪在沙发上跟沈默玩手机。

季明轩叮嘱了一句"当心眼睛"，就进房间看文件去了。他休息了一天，还有不少工作进度要补上。不过看了没多久，就听见季宁在客厅里喊："爸爸爸爸！快来！快来！"

季明轩揉揉眉心，放下文件走了出去。

季宁跟沈默正对着手机笑成一团，也不知看到了什么有趣的东西。季宁挥舞着胳膊叫他：“爸爸，快来看！”

季明轩就快步上前，绕到他们身边去看了一眼。这才发现手机开着自拍功能，镜头里正好映出三人的脸。沈默眼疾手快，迅速按下了拍照键。

咔嚓。

闪光灯亮过之后，画面就被定格住了。

照片里的季宁和沈默笑得很开心，季明轩则微微皱着眉头，三个人亲密无间。

沈默看着手机道：“季先生太严肃了。”

季宁嚷道：“给我看！给我看！”

两个人就讨论起来。

“照片拍得不错，等过几天洗出来放我钱包里。”

“小宁也要！”

“可是小宁又没有钱包，你要放哪里啊？”

“唔……”季宁像模像样地思考了一下，说，“就跟我的压岁钱放一起吧。”

“好。”

季宁高兴地欢呼一声，回头见季明轩还站在旁边，就摆摆手道：“爸爸可以走啦。”

沈默也说：“季先生继续去工作吧。”

把他用完就丢的样子。

季明轩无话可说，默默地在旁边站了一会儿，转身回了房间。

沈默第二天去了趟画室，监督工作顺便让杨月帮他洗照片。

杨月工作效率很高的，没两天就把照片洗好了。沈默觉得效果不错，不但自己钱包用上了，还把季明轩钱包里那张也给换了。

季明轩一开始不同意，但这点微弱的反抗很快就被沈默镇压了。季明轩只来得及救回那张发黄的旧照片，也不知道他打算藏到哪里去。还剩下一张照片是给季宁的。不过小家伙早没了新鲜感，随便看了两眼，确认了一下爸爸和叔叔都在照片上，就急着去玩新玩具了。

沈默仍记着跟他约好的，把照片跟他的压岁钱放一起。季宁年纪虽小，钱可存得不少，存折就放在他们主卧床头柜的抽屉里。

沈默进了房间，拉开抽屉时用力过猛，把整个抽屉给卸了下来。他重新装回去时，发现抽屉下藏了只小盒子。

那盒子是绒布面的，方方正正的一只，看着十分眼熟，时常出现在某些爱情电视剧的结尾部分。

沈默的心一跳，不由得伸手把盒子取了出来。他打开一看，里面果然是一枚钥匙。

原来，季先生也准备了房子，只是被他抢先一步。

这是季明轩未曾说出口的话。

沈默心里发酸，几乎要落下泪来。

他手指轻轻抚过那枚钥匙，也不知过了多久，听见季宁在外面喊："叔叔，出来陪我玩！"

沈默这才回过神。他收敛情绪，把那只盒子放回角落里，像什么也没发现似的，小心地装好了抽屉。

客厅里，季宁正兴致勃勃地玩着他的新玩具。季明轩则在旁边看着文件，见沈默出来了，漫不经心地扫他一眼。

他时常说，是沈默先开口的。

嗯，沈默想，确是如此。

至于季先生的小秘密，就让它永远成为秘密吧。

番外三 生日

生日那天，沈默收到的礼物是一枝玫瑰。

含苞待放的红玫瑰，花瓣上犹沾着清晨的露水，是某人悄悄放在他枕边的。沈默早上醒来，一睁开眼睛就瞧见了。他虽然对这种植物没有特殊爱好，但在这个日子收到礼物，还是忍不住看了又看。

直到窗外的太阳越升越高，季宁在门外大叫叔叔，沈默才起床洗漱了一番。因为是周末，他起得比平常晚了一些，季明轩跟季宁都已经穿戴整齐，只等着他一起吃早饭了。三人吃过早饭后，沈默找了个花瓶将那支玫瑰插了起来，季明轩则在书房里看着季宁画画。季宁回国后刚好能上这边的幼儿园，他对画画特别感兴趣，沈默当然高兴，买了一堆绘画工具给他用着。

季宁今天不用上学，一大早就嚷着要画画，沈默忙完了别的事，也进书房看了看，见季宁画的是上周他们去动物园看过的长颈鹿，画得像模像样的。沈默在旁边指点了他几句，又拿出手机来拍了张照。

拍完就直接发朋友圈了。

他以前也不玩这些，只是最近店里新招了个小姑娘，跟杨月差不多年纪，两人一拍即合，整天在朋友圈里秀风景、秀美食、秀恩爱，还撺掇着沈默也跟着一起玩。

沈默一开始只是走走形式，后来玩着玩着也上瘾了。主要是他家季宁太乖太可爱，他跟所有蠢家长一样，恨不得天天晒娃。

他发完照片不久，季明轩也取出手机看了看，之后就有些走神，时不时低头看一眼手机。

沈默瞧在眼里，道："季先生是不是有工作要忙？没关系，你去忙吧，我陪着小宁就行了。"

季明轩板着脸道："不是。"

那语气绝对算不上高兴。

沈默怔了怔，不知他又在闹什么别扭。他虽然跟季明轩相处了这么久，却还是常常琢磨不透他。

过了片刻后，季明轩终于坐不下去，起身离开了书房。

沈默以为他是去工作了，但是没过多久，季明轩又折了回来，手中拿着他不久前插在瓶中的玫瑰花。

季宁抬头看了看，叫道："花花！"

季明轩将花瓶放在书桌上，摸了摸季宁的头，问："要画这个吗？"

"可是我的长颈鹿还没画完。"

"等画完了再画这个。"

他虽然是跟季宁说着话，却故意瞥了沈默一眼。

沈默恍然大悟，忽然明白季先生的心思了。他刚才只顾着晒娃，却忘记要秀礼物了，季明轩等了又等，眼看着等不到了，只好自己动手丰衣足食了。

沈默想明白这件事后，真有些哭笑不得，连忙配合地取出手机来拍那支玫瑰花。季明轩这才满意，走过来站他身后看他拍照。

"角度不太好，再往左边偏一点。"

"开一下闪光灯试试。"

"不对，再调整一下光线。"

沈默连拍了几张季明轩都觉得不满意，最后干脆抢过沈默的手机自己拍了起来。

季宁在旁边看着，好奇地问："叔叔，爸爸也要画画吗？"

“不是，他只是拍几张照而已。”

结果季明轩拍了足足半个钟头。

季宁的长颈鹿都画完了，还听沈默讲完了一个故事，季明轩才一脸淡定地把手机还给沈默。沈默打开相册一看，一堆玫瑰花的照片，各种角度都有。

他到底该发哪一张啊？

沈默不敢擅自做主，连忙咨询了一下季明轩的意见。

季先生眉眼淡漠，随意挑了一张。

沈默仔细看了看，还真是拍的最好的那张。他把照片发了朋友圈之后，季明轩火速点了赞。

沈默回了谢谢。

早上的小插曲就这么过去了。中午吃过饭后，季宁要沈默带他去游乐园玩，季明轩正好有空，自愿当他俩的司机。

三人都换了衣服，季明轩仍是全套的西装，季宁也穿了身同色的小西装，俩人站在一块，还真是一对父子模样。季明轩牵着季宁先下楼了，沈默又拿了些水果和小点心才跟上去，到地下车库一看，只见那一大一小正在车旁说话。

沈默有些疑惑，问：“怎么不上车？”

边说边伸手去开车门。

季明轩却一把捉住他的胳膊，道：“今天换辆车开吧，这辆……嗯，该去保养了。”

沈默愣了愣，他记得这辆车上个月刚保养过。不过家里车多，保养的事又都是季明轩交给助理去做的，他也不确定有没有记错。反正换辆车开也不是什么大事，沈默就转身上了另一辆车。季明轩跟季宁走在后头，俩人还咬耳朵说了几句悄悄话。

季宁这一下午玩得十分尽兴。尤其是他最喜欢的碰碰车，沈默陪着他玩了好几轮。因为太阳好，俩人的脸都晒得红扑扑的，出了一头的汗。

晚上季明轩订了餐厅吃牛排，吃过饭回到家已经快八点了。季明轩还有几个邮件要发，沈默就让保姆给季宁洗漱了，自己坐在床头给他讲睡前故事。季宁白天玩得太兴奋，这时还没有睡意，听完了故事又跟沈默要了纸笔，唰唰唰画了两张画。

两张画画的都是车。沈默认出第一张是他们下午玩的碰碰车，第二张则是自家的车子，就是出门前季明轩说要开去保养的那辆，只是那车上却开满了……花？

沈默有些看不明白，问季宁道："小宁为什么画这么多花？"

"因为我看到了，车里都是花花。"季宁挑了红色的蜡笔给花上色，道，"不过爸爸不让我告诉叔叔……"

沈默心里一跳，问："是玫瑰花？"

季宁眨了眨眼睛，显然不知道玫瑰是哪种花。

沈默就换了个问法："是不是跟早上插在花瓶里的那枝一样？"

季宁点点头，马上道："是啊。"

沈默立刻明白是怎么回事了。

准备了满车的玫瑰花，但季明轩只挑了其中一枝送他。

沈默摸了摸季宁乌黑的头发，想着想着，不由自主地笑出来。

嗯，确实像是季先生的风格。

他哄着季宁睡着之后，自己走进客厅里，盯着花瓶中那枝已经绽放的玫瑰看了许久，才回了卧室休息。

季明轩忙到了半夜才进房间，却发现房间里的灯还开着。

季明轩有点惊讶："还没睡？"

"嗯，"沈默道，"季先生……"

"什么？"

"没什么。"

沈默想了想，到底还是没有提那一车玫瑰花的事，只是说：“谢谢你的生日礼物。”

季明轩低声笑了笑，说：“睡吧。”

沈默“嗯”了一声，在这温柔的夜色中沉沉入睡。

番外四 前尘

“沈默！沈默！”

室友阿文站在高低床边上，一个劲儿地叫沈默的名字。

沈默从被窝里探出头来，看了一眼手机上的时间，才九点半——

“我今天一整天都没课，这么早叫醒我干什么？”

阿文在下面嘿嘿的笑：“就是知道你今天没课，所以才拜托你帮我一个忙。”

沈默坐起身来，一头短发乱翘，问：“什么事？”

“我们学院办了个讲座，就在今天下午，你替我去参加一下呗。”

“大哥，你是学经济的，我是学美术的，我替你去合适吗？”

“就是去凑个数，帮我做点笔记，容易得很。你知不知道这个讲座请了谁来？年轻企业家，经常上财经杂志的成功人士，我的偶像。”

“既然如此，你怎么不自己去？”

“我要是能去肯定去了，可这不是有场考试嘛。”阿文双手合十，嬉皮笑脸道，“沈默，拜托拜托，我晚上请你吃大餐。”

沈默脾气好，是大家公认的老好人，一般别人的请求，他总是很难拒绝。这次也不例外，他揉了揉头发，叹气道：“好吧，把时间地点发我。”

阿文欢呼一声，向沈默道过谢之后，就忙着去准备考试了。

沈默反正被吵醒了，就没再继续睡觉，起身进了洗手间洗漱。等他洗漱完出来，手机上已经多了两条新短信。一条是下午讲座的时间地点，还有一条是周扬发过来的，约他中午一起吃饭。

周扬是沈默的高中同学，两人志同道合，都喜欢画画，只不过沈默大学念了美术专业，周扬则迫于家里的压力学了金融管理。虽然如此，他俩依然是无话不谈的好友，并且相约毕业后一块去国外学美术。

周扬上周回了趟家，算起来跟沈默好几天没见了，两人便在校外的小饭馆里叫了几个菜，坐下来好好吃了一顿。

周扬边吃边道："你今天下午没课吧？一起去看场电影？"

"今天下午不行，我答应了咱们寝室的阿文，替他去参加一个讲座。"

"他怎么有事没事都找你帮忙？你脾气也太软了。"

"毕竟是室友嘛，互相帮助。"

周扬无奈地摇了摇头。

沈默就问："倒是你，那件事考虑得怎么样了？"

"什么事？"

"就是我们一块儿出国的事，你该不会是忘了吧？"

"那个啊……"周扬拿筷子的手顿了顿，显得有些为难，"我再考虑考虑。"

沈默太了解周扬了。他察言观色，猜测道："是不是有什么困难？你家里人不同意？"

周家的生意做得挺大，周扬又是独子，他父母一心想让他接班管理家族企业，一直不同意他学画画。

周扬皱了皱眉，一副心事重重的样子，说："没事，我会解决的。"

沈默见他不肯说，便也赌气道："我已经联系好实习的公司了，你要是不出国的话，我就去上班了。"

周扬摆摆手道："行了行了，我会想办法的，先吃饭吧。"

这一顿饭的气氛顿时变得沉闷无比。

吃过饭后，两人几乎是不欢而散了。沈默心里有事，在校园里瞎逛了一圈，等回过神来时，已经到了讲座的时间。他连忙收拾心情，急匆匆赶了过去，等他赶到经贸学院的大教室时，里头已经是人满为患了，只第一排还剩下几个空位。

沈默在门口张望了一下，不知道该不该进去。

学院请来的嘉宾已经站在讲台上了，沈默随意瞥了一眼，见台上那人果然十分年轻，且相貌英俊、风度翩翩，令人见而忘俗。

沈默走了一下神，心想，这人倒是跟他想象中的成功企业家截然不同。

正想着，就见那人转过头来笑了笑，问：“这位同学，你打算在门口站到什么时候？”

这句话一出，沈默立刻成为了全场的焦点。

“抱歉，我迟到了……”

沈默脸上一红，硬着头皮走了进去，但教室里已无多余的空位了，他目光转了一圈，最后不得不坐到了第一排。

他刚坐定，坐他旁边的女生就用笔戳了戳他的肩膀。

“什么事？”

“大教室有后门，”女生忍着笑，小声说，“你其实可以从后门进来的。”

沈默苦笑一下，脸上烫得更加厉害了，心里暗暗把室友阿文骂了一通。

接下来倒没再出什么事了，只是让沈默来听经济学的讲座，实在有些强人所难了，他听了半天还是云里雾里的，笔记也不知道怎么记，只能随便写了点东西交差。

讲座散场后，阿文的考试也差不多结束了，他遵守约定，请沈默吃了顿大餐。只不过沈默的那份笔记看得他直摇头。

“沈默啊，你还真是没有这方面的天分啊。”

“废话，我又不是学经济学的。”

“可惜啊，”阿文痛心疾首道，“我错失了一次跟偶像近距离接触的机会。”

沈默想起台上那个人，不由得问：“他很厉害吗？”

“那当然！他可是我奋斗的目标。”

阿文打开了话匣子，立刻滔滔不绝地吹嘘一通，把那个人吹得天上有地上无，简直快成为外星人了。

沈默不忍心打击他，但还是实话实说，道：“人家能这么成功，必定是有权有势的富二代，你再怎么奋斗也赶不上的。”

阿文噎了一下，说：“不管，反正他是我偶像。”

“对了，你这个偶像叫什么来着？”

“你听了半天讲座，连他的名字也记不住？”阿文瞪大眼睛道。

沈默有些不好意思：“我迟到了嘛，没听到前面的介绍。”

阿文丢了本宣传册给沈默，道：“你自己看吧。”

沈默到这时才知道那个人的名字。

他姓季，叫季明轩。

番外五 旧事

沈默是在逛超市时接到周扬的电话的。当时他正琢磨着晚饭做牛排还是做排骨汤，周扬的电话打过来，一开口就说：“我晚上不会来吃饭了。”

“怎么了？不是说今天不加班吗？”

“嗯……”周扬有点支支吾吾的，说，“家里出了点事，我要回家一趟。”

“回家？是叔叔阿姨身体不舒服吗？”

“差不多，”周扬答得含糊，“我估计要在家里住上几天。”

“行，知道了，那你自己也注意身体。”

“好。”

挂断电话后，沈默看了看已经放进购物车的牛排，又无奈地拿了出来。就他一个人的话，当然没心情做什么大餐了，煮包方便面得了。

大学毕业后，沈默跟周扬一起出国的计划因周家人的反对而搁置了，不过他俩倒并未放弃，自己在外面租了个房子住着，慢慢工作攒钱。

沈默找的工作是跟画画相关的，他自己还算满意。他们租的房子离公司也近，虽然地方小了点，但沈默爱收拾，打扫得挺干净。

他晚上没什么事做，看了会儿电视就上床睡觉了，临睡前给周扬发了条短信道晚安。

第二天是周六，沈默在家休息，正好天气也好，他就干了点家务活，洗洗晒晒什么的，忙活了一整天。到了傍晚的时候，又给周扬打了个电话，周扬没有接。

他倒没放在心上，照例去了附近的超市买东西，买完东西出来时，天色已经暗下来了，但街上的路灯还没有亮，四周的一切笼罩在夜色中，有种朦胧的昏黄。沈默转过一个路口时，隐约觉得有些不对，他回头看了看，见这条小巷子空荡荡的，只一辆汽车不远不近地跟在自己身后。

沈默没放在心上，又继续往前走，谁知刚走了几步，后面那辆车就追了上来，车灯开得雪亮，一个急刹车在他身旁停住了。紧接着从车上跳下来一个人，猛地朝沈默扑了过来。

沈默没见过这种阵仗，一时吓得呆住了，等他回过神来时，已被一双粗糙的手捂住了嘴巴。

“唔……唔唔……”

沈默奋力挣扎，刚从超市买来的东西散了一地，但车上又跳下一个人来，很快就将他推进了车子里。

车门“砰”的一声关上了。

沈默的双手被绑在了身后，他晕头晕脑的，过了一会儿，脑海里才跳出了两个字——绑架?

可他只是个穷学生，绑架他干什么?

难道说认错了人?

沈默的嘴也被胶带封住了，他出不了声，只能倒伏在后车厢里，随着汽车的飞驰一路颠簸。

不知道过了多久，沈默猜测大约有半个多钟头，车速终于慢了下来，最终在一处废旧的仓库前停了下来，仓库边上孤零零地竖着一盏路灯，依稀能看清四周是一片荒地。

挟持沈默的人开了车门，将沈默从车上拽了出来。

沈默一路上都在想对策，知道这是逃跑的最好时机了，他突然弓下身，一头朝那个人胸口撞了过去。

沈默一路上都很配合，这时突然发难，对方猝不及防，竟然被他撞了个正着。

这一下撞击发出沉闷得巨响，那人被他撞得倒退了几步，沈默也觉得头上一阵剧痛。但他顾不上疼痛，立刻转身飞奔起来。

黑夜中难辨道路，沈默也不知道该往哪个方向逃，他只知道必须拼命地往前跑，千万不能被追上。耳边风声呼呼作响，跑着跑着，沈默脚下一滑，狠狠摔在了泥地里。

他狼狈地爬起来，觉得全身都在疼，但是这一摔，倒是把绑住他双手的绳子摔松了。沈默挣脱绳子，撕下嘴上的胶带后，想起自己的手机还放在衣兜里，他连忙打了个电话报警。他也不知道自己身处何地，只能简单描述了一下现场的景物。挂断电话后，他又打了个电话给周扬，但是周扬仍旧没有接。

沈默一边寻找可以藏身的地方，一边一遍遍打周扬的电话。他手指在夜色中微微发抖，那个电话号码，他深深刻在心上，以前聊起天来总是舍不得挂断，可偏偏这么要紧的时候，却怎么也打不通了。

“周扬……”

“周扬……”

“快接电话……”

沈默在寒风中喃喃自语，蓦地，有一道手电筒光打在了他的脸上。

沈默哆嗦了一下，被这光线刺得睁不开眼睛，过了一会儿，他才发现自己已经被追上了。

为首的正是那个绑架他的人。对方目光冰冷，眉骨处有一道鲜明的刀疤，正冷冷地盯着他看。

沈默逃无可逃，很快就被抓进了那间废弃的仓库里。

仓库暗无天日，沈默不知道自己在里面呆了多久，可能只有短短十几个小时，但是对他来讲，就像一辈子那样漫长。

刀疤脸的男人踩住沈默的右手，用皮鞋狠狠碾过。

手指传来钻心的疼痛，沈默痛得叫起来，忍不住叫出了周扬的名字。

刀疤脸的男人听到后，却哈哈大笑起来。

“你以为周扬会来救你吗？别傻了。”

“你知道他现在在哪里吗？在国外，他跟青梅竹马的女朋友一起出国留学了。”

“离开周扬。”

“以后不许再出现在他面前，否则……”

刀疤脸的男人更加用力地踩下去，沈默的右手血肉模糊，他甚至能听见骨头碎裂的声音。

他汗涔涔地躺在地上，疼得动弹不得，透过爬满蜘蛛网的窗子，他看见无边的黑暗中透出了一丝微光。

即使是意识不清的时候，沈默也一遍遍叫着周扬的名字。

但他始终没来救他。

就当他以为自己快要死去的时候，仓库紧闭着的大门突然开了，有一丝光亮透了进来。

门外有一道影影绰绰的人影。那人背着光，面孔是模糊不清的，沈默看着他朝自己走近，面容一点点清晰起来。

沈默不知道那个人是谁。

但他知道，那是救他于水火的人。

番外六 雨过

那半个月一直在下雨。

大雨倾天覆地，仿佛漫无尽头。

季明轩下班回家，刚进家门，就听见一阵哭闹声。他循声走进儿童房，见新来的保姆陈姐正抱着一个小婴儿柔声哄慰。

陈姐是专业人士，有十多年的育儿经验，但此刻面对怀里哇哇大哭的小娃娃，仍显得有些手忙脚乱，抬起头道："季先生……"

季明轩上前一步，看见小婴儿那哭到通红的脸，又稍微退回来一些，问："他怎么了？"

"刚喂完奶，正在闹觉呢。"

"怎么哭得这么厉害？"

"小孩子没安全感，毕竟他妈妈……呃……"陈姐心直口快，话说出口才觉不妥，露出一脸懊恼的表情。

季明轩倒没放在心上，摆了摆手，轻轻"嗯"了一声。窗外大雨滂沱，他的目光晃晃悠悠地飘向窗口。

半个月前，季明轩最疼爱的妹妹季安安离开了他。

永远地。

季安安患有先天性心脏病，季明轩知道自己迟早会失去她，但这一天真正到来的时候，仍旧觉得猝不及防。季安安从小温柔善良，即便气若游丝地躺在病床上，依然竭力露出笑容。

“哥哥，别哭。”

“我一点也不后悔。”

“哥，帮我照顾季宁。”

季宁就是那正在哭泣的小娃娃，季安安为了生下他，不知吃了多少苦头。她给这孩子取名季宁，是希望他能健康安宁地长大。

季明轩想到这里，终于走上前去，对陈姐道：“我来抱吧。”

陈姐有些惊讶：“季先生？”

季明轩自嘲地一笑：“以后只剩下我跟他相依为命了，我总要学会怎么抱他的。”

陈姐便将季宁塞进他怀里。

季明轩小心翼翼地接过来，发现这小娃娃柔软得不可思议，他怕一不小心弄伤了他，手脚僵硬得不知道怎么摆。

陈姐噗嗤一笑，帮他调整了一下姿势。

季明轩这才抱稳了小小的季宁，笨拙地哄他睡觉。

小娃娃当然并给季先生面子，依然声嘶力竭地哭个不停。

“别哭了，”季明轩低头亲了亲他皱成一团的小脸，道，“我知道你为什么哭。知道吗？我也很想她。”

直到此时此刻，失去季安安的那种痛，才一点点由心底弥漫开来。

季明轩费了九牛二虎之力才将季宁哄睡。初秋的天气，他硬是热出了一身汗。

但那小娃娃毕竟在他怀里睡着了。

季宁的小脸红扑扑的，熟睡的样子尤其像季安安。

季明轩怔怔看着，想起许多年前，妹妹刚出生的时候，他趴在医院病房的玻璃窗上，也是这样看着熟睡的季安安。

他正自出神，忽听窗外有人喊：“雨停了！”

季明轩抬头一看，连绵半个多月的雨果然停了。太阳仍未落山，湛蓝的天空一角，斜挂着一抹淡淡的彩虹。

雨过天晴。

季宁第一次开口叫爸爸，是在他十个月的时候。当时季明轩正接到陈律师自国内打来的一通电话。

“……其他不动产都已经处理完毕，唯有锦绣山庄的那处房子，沈先生希望可以保留。”

季明轩沉默了一会儿，说：“既然如此，那就让他留着吧。”

他想了想，终究还是忍不住问：“沈默现在过得怎么样？”

“沈先生在永宁路那边开了一家画室，生意说不上好，但也不算差，日常生活是不成问题的。”

“画室？他又开始画画了？”

“应该是的。”

“是吗？那……很好。”

陈律师似乎犹豫了一下，才道：“上次联系的时候，沈先生表示，希望能见季先生你一面，你看……”

季明轩怔了怔。

他想起季安安过世之前，曾经求过他一件事。她说，放沈大哥自由吧，至少让他能自由自在的活着。

安安的请求，他怎么忍心拒绝？

所以季明轩一直没有回国，也尽量忍耐着没有去打探沈默的消息，他不想再打扰那个人平静的生活了。可是现在。是沈默自己提出了见面……

“季先生？”陈律师在电话那头问，“你的意思是……”

季明轩没有立刻做决定，而是看了一眼在对面小床上玩玩具的季宁。像是心有灵犀似的，季宁也忽闪着一双大眼睛看向他，然后张了张嘴，清晰地叫出一声："爸爸！"

季明轩彻底呆住了。

季宁见他没有反应，又锲而不舍地叫出一长串："爸爸爸爸爸爸爸——"

唱歌似的语调，但听在季明轩耳里，绝对是这世上最动听的声音。

他快步走过去，一把将季宁抱了起来。手里的电话还未挂断，季明轩搂着季宁，对电话那头的陈律师道："我不见他了。"

"啊？可是沈先生很想见你。"

"替我带一句话给沈默，就说……"季明轩看着怀里小小的季宁，道，"我现在过得很好，让他勿念。"

挂断电话，季明轩用额头碰了碰季宁的小脸，说："再叫一声。"

季宁噘了噘嘴，还是唱歌似地叫："爸爸爸爸爸爸爸——"

季宁小朋友从小就聪明，长到两岁的时候，已经成了一个十足的话痨，整天缠着爸爸问东问西。季明轩工作繁忙，但每晚都会陪着季宁入睡，给他讲故事，也讲季安安。

每年过完农历新年，季明轩都会带季宁去旅游一趟。他在S岛投资了一家酒店，所以每次都是带季宁去岛上度假。世界各地值得游玩的地方这么多，为什么偏偏选他跟沈默曾经想来的S岛？季明轩自己也说不清，是否有那么点难以言说的心思。

这一年的S岛依旧游客众多，季明轩在岛上过完了生日，又带着季宁多住了几天。季宁刚刚三岁，正是贪玩好动的时候，一有机会就在酒店里疯跑，季明轩不得不亲自看着他。

那一天也是一样。

季宁跟新结识的几个小伙伴在泳池边玩耍，季明轩就在不远处看着，蓦然听见有人叫了声："明轩！"

季明轩回头一看，是个时髦的泳装美女，手边挽着个中年男人，正从泳池边走过。

季明轩不由得笑了笑，心想应当是同名的人，待那一对情侣从他眼前走过去，他却见到了沈默。

沈默也正望着他。

两人目光相遇，世界一下子变得安静无声。

立春刚过，那一天天气极好，万里无云。但季明轩恍然觉得，他心底一直下着的那场雨，直到这一刻才真正停了。

番外七 除夕

一年中最热闹的时候，就是春运了。季明轩和沈默一家三口，正坐在一辆春运的列车上。

季宁刚上幼儿园，正是最活泼好动的年纪，他平常出行不是坐飞机就是坐汽车，还是第一次坐上火车，因此看见什么都觉得新奇。他在位子上坐不定，一个劲地往人堆里钻，想去其他车厢探险一番。

沈默怕他走丢，只好亦步亦趋地跟在他身后，大冬天的，硬是挤出了一身汗。

最后还是季明轩出声道："季宁，回来。"

季宁这才不情不愿地走了回来。

季明轩拍了拍身旁的座位："坐好。"

季宁跳上座椅，乖乖并拢双腿，把手放在了膝盖上。

季明轩揉揉他的脑袋，说："乖，看看窗外。"

窗外飞掠而过的，是江南水乡的风景。除了大片大片的水田，偶尔还能瞧见一两幢精致漂亮的小洋房。

不过季宁坐不住，只看了一会儿，又开始在座位上扭来扭去，回过头问："爸爸，火车还要开多久？"

季明轩看了眼手表，道："大概还有半个小时。"

"太好了！"季宁欢呼一声。

沈默却是一副截然不同的表情，小声嘀咕道："这么快？"

季明轩好笑地看着他，问：“怎么？有点紧张？”

“……没有。”

沈默嘴上虽然这么说，手指却无意识地敲击着桌面。

他们这次旅行的目的地，是沈默的老家——一个风景如画的江南小镇。

沈默当初因为周扬的事跟家里人闹翻了，已经好些年没回过家了。他跟季明轩一起照顾季宁之后，才真正明白养大一个孩子的艰辛，一直试图修复跟父母的关系，可惜始终没什么进展。

季明轩知道这件事后，先斩后奏买了回沈默家的火车票，直到除夕那天才将他拉上了火车。沈默毫无准备，连行李都是临时收拾的，这会儿当然紧张了。

“你担心什么？怕你爸妈把你赶出来？”

“不是没可能。”

“那大不了去住酒店，总不会流落街头就是了。”

沈默苦笑一下。

季明轩安慰他道：“放心吧，我这次出门，特意把秘密武器也带上了。”

“什么秘密武器？”

季明轩指了指坐在他身旁的季宁。

季宁眨着一双无辜的大眼睛，笑容可掬。

沈默疑惑道：“小宁？”

季明轩点点头，问季宁道：“还记得爸爸之前教你的话吗？”

“记得！”

“见了叔叔的爸爸妈妈要怎么叫？”

“爷爷奶奶。”

“还有呢？”

“还要说新年快乐，恭喜发财……”季宁卡了一下词，苦思冥想之后，终于蹦出来一句，“红包拿来！”

“咳咳，”季明轩轻咳一声，提醒道，“没有红包这句。”

“哦，”季宁噘了噘嘴，还挺委屈的，“没有就没有吧。”

他们父子两个一搭一档，总算把沈默逗乐了。虽然不知道这个“秘密武器”管不管用，但沈默忐忑的心情放松下来不少。

半个小时倏忽而过，火车很快就到站了。季宁又来了精神，背上他的小书包，蹦蹦跳跳地出了站。

因为已是除夕了，街上的行人不多，三人好不容易才打到车，向沈默的父母家驶去。

沈默父母住的是那种老小区，居民楼的外墙都已经斑驳了。沈默走进楼道，登上窄窄的楼梯，最后在三楼的一扇门前停了下来。

望着这个自己从小长大的地方，他忽然又驻足不前了。

季明轩走到他身边，问：“怎么不敲门？”

“他们……会不会不肯开门？”

“那也要敲过了才知道。”

“对啊，叔叔。”季宁也跟上来，一手牵着季明轩，另一只手握住了沈默的手，“快点敲门吧。”

沈默望着这一大一小，终于笑了笑，抬手敲响了那扇门。

除夕夜，沈默跟母亲一起在厨房里包饺子。

“……你这个朋友啊，真是够用心的，连着三个月，天天晚上给你爸打电话。你爸这么倔的脾气，最后也磨他不过，答应了见他一面。”

“然后呢？他怎么说服我爸的？”

“你爸没别的爱好，就是喜欢喝茶。”沈母抿嘴而笑，说，“他带了一罐好茶过来。”

沈默也忍不住笑了。

他就知道，季先生怎么可能做没把握的事？原来早已贿赂好他的父母了。亏他这一路上还提心吊胆的，就怕被赶出门去，结果敲开门的时候，父母已经准备好一桌团圆饭等着他了。

想起那一瞬间的感动，沈默到现在还觉得鼻子发酸。

客厅里，季明轩正跟沈父一块研究他带来的一套茶具。季宁一会儿看看电视，一会儿跑来厨房探头探脑，问："饺子包好了吗？"

一副眼巴巴等吃得模样。

沈母眉开眼笑，连声道："快好了，快好了，小宁去外头等着吧。"

"好，谢谢奶奶。"

季宁这孩子嘴特别甜，一进门就喊了两声爷爷奶奶，一下子就虏获了两位老人的心。本来南方过年没有吃饺子的习惯，但是季宁想吃，沈母立刻拉着沈默进厨房包饺子了，搞得沈默这个亲儿子都有些嫉妒了。

吃过饺子后，大家聚在客厅里看春晚，沈默则去把自己的房间收拾了出来。沈默家的房子只有两室一厅，多了这么几个人之后就显得有些局促了，特别是晚上睡觉，商量来商量去，只能让季宁跟着沈父沈母睡大房间，季明轩则跟沈默挤一挤小房间。

沈默正铺床的时候，季明轩敲了敲房门，走进来问："还没收拾好？"

"哎，房间太小了，东西比较乱。"

"晚上能睡就行了，不用太讲究。"

沈默还是觉得不好意思，道："要不……你还是带着季宁去住酒店吧。"

"季宁挺喜欢这儿的。"季明轩看着沈默，道，"我也是。"

"季先生……"

"而且，我一直想看看你从小长大的地方。"

房间里没有椅子，季明轩就在床边坐了下来，侧着头看沈默铺床。

沈默慢慢叠好被子，低声说："季先生，谢谢。"

"谢什么？"

“我父母的事，你一定费了不少心思。”

季明轩只是笑笑：“打了几个电话而已。”

他拍了拍沈默的肩膀，说：“好了，出去看电视吧。”

沈默跟季明轩一道回了客厅。一家人挤在沙发上看春晚，直到季宁开始打起哈欠来，才各自回了房间睡觉。

沈默的床实在有点小，两个大男人躺在上面，动一动就嘎吱作响。

沈默当然睡不着了，盯着天花板道：“不知道季宁睡得怎么样？”

过一会儿又说：“要不我还是睡地板吧？”

季明轩听得直笑，道：“行了行了，别折腾了。”

说完就从床上坐了起来。

沈默吓了一跳，问：“怎么不睡了？”

“快十二点了，出去放鞭炮。”

“啊……对。”

大城市里早禁了烟花爆竹，沈默都快忘记这个习俗了。既然季明轩要出门，沈默便也跟着披衣起身。两人没惊动隔壁的沈父沈母，摸黑下了楼。

楼下已有不少人在放鞭炮了，噼里啪啦的声响断断续续地响起来。这个时间天气还是冷的，沈默跺了跺脚，突然想起一件事：“我们是不是没买鞭炮啊？”

“放心，早准备好了。”

季明轩熟门熟路地从沈默家的车库里搬出一箱子烟花来。

沈默本来想问他是什么时候准备的，后来又一想，季明轩都已经悄悄把他爸搞定了，还有什么办不成的？区区一箱子烟花，还不是信手拈来。

季明轩看了看手表，离十二点只差两分钟了，他问沈默道：“记不记得有一年过年，我从国外打电话给你？当时你说自己在父母家过年，但我一听就知道是假的。”

“当然记得。”沈默还记得，季明轩后来还飞回来找他了。

“当时我就想，”街边路灯的光照着季明轩的脸，映出了那眼底深藏的一点温柔神色，“总有一天，我要陪你回家来过年，陪着你一起放烟花。”

沈默的心都漏跳了一拍。

十二点的钟声恰在此时响起。季明轩丢了个打火机给沈默，说：“一起点吧。”

引线被点燃之后，很快就有热烈的火光窜起，在夜空中炸裂成绚烂的颜色。

季明轩却并不去看这美景。他回过头来寻找沈默，像许多年前那样，用微微低沉的嗓音说：“沈默，新年快乐。”

番外八 天晴

大年初一。

沈默难得睡到自然醒。

过年前几天一直阴雨绵绵，没想到新年第一天，太阳就露了个脸。早上九点多钟，阳光已经晒到沈默脸上来。沈默从睡梦中醒过来，迷迷糊糊地看了眼时间，第一个念头是要给季宁准备早饭。但他随即想起自己是在父母家过得年，季宁有他爸妈看着，肯定饿不着。

被子上满是阳光的味道。

沈默裹着被子滚了一圈，又在床上躺了一会儿，才起来穿衣洗漱。等他收拾好了走出房门一看，客厅里只有季明轩一个人。

“季先生，我爸妈他们呢？”

季明轩正端着杯子喝茶看报，坐在沈默家那小小的客厅里，依然不减风度。他抬了抬下巴，说：“叔叔阿姨带季宁出去玩了。”

“啊？去哪里？”

“听说是什么游乐城吧。”

“这么早就出门了？那我们怎么办？”

“是啊，”季明轩放下报纸，微微露出一点笑容，说，“我们两个好像被闲置了。”

沈默怔了怔，一时没明白他的意思。

季明轩叹口气，只好问：“说吧，你想上哪里逛逛？”

沈默这才后知后觉地明白过来。季明轩工作繁忙，他的工作也不轻松，平常少有休息的时候，确实应该好好放松一下。

沈默想了想道：“我们这小地方，恐怕没什么值得玩的。”

季明轩像是早料到他会这么说，道：“那就去看个电影。”

“好啊，看什么？”

季明轩递给沈默一本电影院的宣传册，说：“你来选吧。”

沈默接过来看了看，见宣传册上印着一排春节档的电影。

他怎么觉得……季先生像是早有预谋？

不过沈默没有多问，认真翻了一下宣传册。春节档多是一些合家欢的电影，其实看起来大同小异，沈默最后选了一部喜剧片，道：“就看这个吧。”

他随即又想到一个事，问：“现在是不是不好买票？”

“没问题。”

季明轩瞥了一眼沈默选的电影的名字，然后给他的助理打了个电话：“嗯，是我。把电影票拿上来吧。”

不到十分钟，就有个戴眼镜的小年轻上了楼，递给沈默两张电影票。

沈默看了看座位号，位置相当好，不过——

“不是我选的那部电影。”

“咦？啊，不好意思，我拿错了。”

助理一边道歉，一边从口袋里翻出一把电影票来。

沈默随意看了一眼，好嘛，春节档的几部电影一部不落，全都买了票。沈默有点哭笑不得，悄悄瞄了季明轩一眼。

季明轩不动声色，若无其事地解释了一句：“新来的助理。”

“对，我是新来的。”

助理翻了半天，找出沈默想要的电影票后，就功成身退了。

季明轩指了指桌上的清粥小菜，对沈默道：“吃早饭吧，吃完了去看电影。”

沈默乖乖坐下来吃东西，忍不住问：“剩下那些电影票怎么办？”

季明轩笑说：“放心，会有人看的。”

镇上的电影院离得不远，沈默吃过早饭后，跟季明轩一道出了门，两个人慢慢逛过去。到了地方一看，还真是人山人海。

连沈默都惊讶道，嘀咕道：“哪儿来这么多人？难道都跑来看电影了？也不知道游乐园那边热不热闹？”

季明轩没有接话，买了一桶爆米花塞进他怀里，道：“进去吧。”

沈默就抱着一桶爆米花进了放映厅。

这一场的座位爆满，连第一排都坐满了人。幸好季明轩的电影票买得早，俩人的位置好，看起电影来也舒服。

电影的情节没什么新意，不过笑点够多，演员演得也卖力，在春节档里算是诚意十足了。沈默的笑点低，基本上是跟全场的人一起笑的。季明轩则比较矜持，只有沈默笑得扯他衣角的时候，才跟着笑上一笑。

电影结尾处还煽了一下情，骗了沈默几滴眼泪。

等看完电影出来，已经到中午了。沈默和季明轩就在附近找了间餐厅吃午饭。

季明轩边吃边问：“下午有什么安排？”

沈默看着窗外道：“难得天气这么好，不如去公园写生吧。”

“天天画画，还没画腻？”

“不会啊，永远也不会腻。”

沈默都这么说了，季明轩便道：“那就去吧。”

画画的工具都放在家里，两人先回家一趟，然后才去了公园。因为天气好的关系，公园里同样人满为患，甚至还有人放起了风筝。暖洋洋的阳光晒在身上，已有几分春天的味道了。

沈默挑了处合适的地方坐下来，支起画架开始画画。他一开始还跟季明轩闲聊几句，后来逐渐沉浸在自己的世界中，只顾着专心作画了。

时间过得飞快，等到沈默一幅画画完，太阳已有些西斜了。

沈默伸了个懒腰，回过头道：“季先生……”

他只叫了一声就停住了，原来季明轩靠坐在树下，不知何时已经睡着了。沈默舍不得叫醒他，只脱下自己的外套来，轻轻盖在季明轩身上。

季先生睡着的样子也是这么好看。

沈默回头看了看自己的画，沉思片刻后，又提起笔来在画布上添了一笔。他没有画具体的某个人，仅是在角落里加了一道模糊的背影。

春风醉人，轻轻拂过那人的一片衣角，竟是格外温柔。

番外九 别墅

小孩子长得最快。季宁刚回国时还没上幼儿园，一转眼，已经到了快念小学的年纪。锦绣山庄那处房子住着虽然不错，但考虑到学区和上下学接送的问题，季明轩还是决定搬回季家的别墅去住。

这别墅是季明轩和妹妹季安安从小长大的地方，一度成为了他的伤心之地，但随着时间的流逝，尤其是眼看着季宁一天天长大，这心伤也终于渐渐被抚平了。

季明轩既然决定搬回去住，沈默当然也无异议。别墅前两年刚翻修过，但由于长久无人居住，毕竟少了几分人气。沈默便打算在搬进去之前，先抽个空打扫一下。

季明轩一开始没同意，道：“这种事交给钟点工去干不就行了？”

“是小宁要住的地方，我不放心交给外人。”

几年相处下来，沈默把季宁看得跟眼珠子一样，比季明轩这个当爹的还要上心，季明轩拗他不过，只好点头同意了。

沈默的工作时间还算自由，他特意抽了一天空去做打扫。别墅翻修后一直有人定期清洁，真正需要打扫的地方并不多，沈默忙活了一上午，拖了地板擦了窗子，就把屋里收拾得窗明几净了。他下午准备把要住的几间房间整理出来，中午就对付着吃了点面包，又坐在沙发上休息了一会儿。

春日阳光正好，暖洋洋的从窗口洒进来，沈默在沙发上坐着坐着，不知不觉就睡着了。

他醒过来时，发现窗外阴云密布，竟是暴雨将至的样子。

奇怪，天气预报没说今天会下雨啊。

沈默打了个哈欠，起身关了窗子，他环顾四周，总觉得客厅的装修有点微妙的不同。

他上午做打扫的时候，好像……不是这个样子的？

总不会睡了一觉，别墅就变样了吗？

沈默怀疑自己是睡糊涂了。他揉了揉眼睛，正打算继续工作，却听见楼上传来了动静。

除他之外，屋子里还有别人？

难道是进了小偷？

沈默一下紧张起来，循着声音望过去，却见楼梯上正缓缓走下来一个少年。

少年面容清秀，身上穿一件白衬衫，头发因为刚刚睡醒而乱翘着。虽然年纪不同，沈默还是一眼就认出来这个人是谁了。

季、季先生？

不对，季先生怎么会是这个年纪……

莫非是私生子？

也不对，季先生不可能有这么大的私生子吧。

沈默完全懵住了，手足无措地站在原地。那少年倒是平静得很，仅是蹙了蹙眉，问："你是什么人？怎么在我家里？"

沈默心想，这也是我想问的啊。

少年见他不答，就扫了一眼沈默身上的衣着，问："你是新来的钟点工？"

沈默想起自己今天的穿着，还真无法反驳，只得含糊地"嗯"了一声。

少年也不怀疑，点点头说："你接着干活吧。"

他说这句话时，正好走下最后一级台阶，脚下却踩了个空，差点从楼梯上摔下来。

幸好沈默离得近，一把拽住了他的胳膊，连声问："你怎么样？还好吧？"

少年显然不习惯别人的碰触，刚刚站稳就拨开了沈默的手。

沈默只觉手心微烫。他仔细看了看少年的脸，见那张酷似季明轩的面孔上，果然浮着一抹淡淡红晕。

"你生病了？"

少年冷淡道："没有。"

沈默探了探他的额头，笃定地说："发烧了，我送你去医院吧。"

闻言，少年立刻变了脸色："我不去医院。"

"怕上医院？"

"不是害怕，只是讨厌而已。"

沈默想起了季先生。

季明轩也讨厌医院，沈默直到后来才知道了原因。他想了想，道："不去医院也行，不过你走路都摇摇晃晃了，总得吃些东西吧？要不我煮碗粥给你吃？"

少年估计是真饿了，打量了沈默一眼后，勉为其难地答应了。

沈默先扶他回房间休息，发现他住的正是季明轩的房间。

去厨房煮面的时候，沈默顺便看了一下别墅里的日历——时间是二十年前。

好吧，看来那个少年是季先生无误了。

沈默不明白为什么会出现这种超自然现象，不过照顾生病的季先生才是头等大事，所以他利用厨房里的食材，认真煮了一锅青菜鸡丝粥，尝过味道，确定咸淡适中之后，才端上楼去给季明轩吃。

少年季明轩并未睡觉，而是靠坐在床头上，正专心致志地看一本书。

沈默有些意外，问："生病了还这么用功？"

“我有一个妹妹，从小身体就不好。”季明轩头也不抬，低声道，“我想尽快成为一个可靠的哥哥，好为她遮风挡雨。”

这样年轻的季明轩，却一本正经地说着老成的话。

沈默听得又好笑又心酸，道：“会的，肯定会的。”

季明轩有些奇怪地瞥他一眼，问：“粥煮好了？”

“哦，对，快点趁热吃吧。”

沈默连忙把粥碗递了过去。

季明轩尝了一口，然后又看了沈默一眼。

沈默有些忐忑地问：“怎么了？不好吃吗？”

季明轩神色冷淡，说：“马马虎虎吧。”

结果却把一碗粥吃得干干净净。

沈默暗觉好笑，心想，果然是他熟悉的那个季先生。

吃完粥后，沈默拉过被子来盖在季明轩身上，道：“别看书了，生病的人需要好好休息，一会儿我去给你买点退烧药。”

“一个钟点工而已，怎么这么多管闲事。”

季明轩哼哼两声，嘴上虽这么说，却还是乖乖躺进了被子里。

“好好睡一觉，醒过来病就好了。”

沈默替季明轩压好被角，取走了他放在床头的书。季明轩看着他的动作，突然说了一句：“喂，那本书上写了我的名字。”

沈默怔了一下，后知后觉地明白了季先生的意思，笑说：“我知道你叫什么。”

季明轩在被子里“唔”了一声，算是满意他的答复了。

这下轮到沈默好奇了：“你不问我叫什么吗？”

季明轩拿被子蒙住头，说：“我干嘛要知道钟点工的名字？”

过了一会儿，又由那被子里传出闷闷的声音：“你下次来的时候，再告诉我好了。”

沈默看着把自己卷成一团的季明轩，心里忍不住想，下次相遇，该是在什么时候?

季明轩见沈默没有应声，就掀开被子问："喂，你不会不再过来了吧？"

沈默真不知道如何答他。

季明轩脸上有一瞬的失望，但他掩饰得很好，很快又变成了那副满不在乎的神气，摆摆手说："算了，不来就不来。"

"反正一直都是这样。妈妈为了生下妹妹，很早就走了。妹妹虽然很可爱，但医生说，她随时都有可能离开。反正，没有人会一直陪着我。"

不是的!

沈默张了张嘴，想要安慰他几句，却突然发不出声音了。

"沈默。"

"沈默。"

远处好像有人在喊他的名字。沈默觉得一阵头晕，等他再次睁开眼睛的时候，发现自己仍旧躺在客厅的沙发上。

季明轩正居高临下地看着他，问："你怎么在沙发上睡着了？"

不是冷漠骄傲的少年，而是成熟英俊的季先生。

沈默有点儿恍惚。

刚才是……做了一场梦?

"还好我过来看了一眼，你再这么睡下去，非得着凉不可。"季明轩把一床毯子丢在沈默身上，道，"要睡的话还是去房间里睡吧。"

"哦。"

沈默慢腾腾地站起身，还有些沉浸在那个梦境中。

他开口道："季先生。"

"嗯？"

"会有的。"

“什么？”

“一直陪伴着你的人，”沈默望住季明轩，笃定地说，“一定会有的。”

番外十 心愿

季宁的生日愿望只有两个。

一是养一只可爱的小猫咪。二是爸爸能多点时间陪自己。

他吃过蛋糕后，抱着自己的小恐龙沉沉睡去。第二天天刚亮，就听见隔壁房间传来一声巨响，像是什么东西落地的声音。

季宁迷迷糊糊地醒过来，叫了声："……爸爸？"

没人应声。

连平常最宠他的沈叔叔都不见人影。

季宁揉了揉眼睛，自己套上小棉袄，趿着拖鞋"嗒嗒嗒"地跑出房间。隔壁房间没上锁，他推开房门，探进头去望了望。房里光线暗得很，床上的被子卷成一团，只有沈叔叔一个人坐在凌乱的床铺中。

沈叔叔朝他招了招手，他就跑过去问："爸爸呢？"

沈默有些心虚地看了看卷成一团的被子，说："他……去公司上班了。"

"周末也上班？"

"嗯，突然有点急事。"

季宁露出失望的表情："爸爸明明答应了今天陪我玩的。"

"没办法，这次真是特殊情况。叔叔陪你玩好不好？"沈默揉了揉季宁的头发，道，"时间还早，小宁再回去睡一觉。"

季宁向来是个乖孩子，不吵不闹，只垂头丧气地走了。

沈默这才松一口气。

床上卷成一团的被子缓缓蠕动一下，接着钻出来一只鸳鸯眼的大白猫——毛色雪白，皮毛柔软，蓬松的尾巴一甩一甩的，一双异色猫瞳尤为漂亮。

沈默沉浸在大白猫的美貌中不能自拔，过了一会儿才回过神，与对方人眼瞪猫眼，问："季先生，怎么办？要上医院吗？唔，还是上宠物医院？"

大白猫没有理他，只扬了扬下巴，姿态优雅地跳下了床。

沈默抓起手机追了上去。新年第一天就经受巨大惊吓的他真想发条朋友圈：一觉醒来发现家人变猫了怎么办？急！在线等！

他好不容易控制住发朋友圈的手，跟着大白猫进了书房，见它动作灵巧地跳上书桌，伸出爪子拍了拍桌上的电脑。

沈默隔了三秒钟才领会到它的意思，连忙开了电脑，然后就见大白猫蹲坐在键盘上，挥舞着软绵绵的肉垫打起字来，场景十分诡异。

沈默没有出声打扰，默默想好了第二条朋友圈的内容：家人变猫后依然是工作狂怎么办？一直在线等！

这时门外响起了啪嗒、啪嗒的脚步声，已经穿戴整齐的季宁一头闯进来，叫道："叔叔，陪我玩……"

他声音陡然顿住，又猛地拔高，变成了近乎兴奋的欢呼声："猫咪！"

边叫边冲过来抱住了忙于工作的大白猫。

沈默的眼皮抽了抽，确定季先生……不，大白猫的脸变黑了。

季宁当然毫无所觉，问："是爸爸给我买的猫吗？"

"呃，算是吧。"

季宁对大白猫一见钟情，一抱住就不肯撒手了，问："叔叔，我们给猫咪取个什么名字？"

"啊？你说呢？"

"就叫小白好不好？"

"这……"沈默偷觑大白猫的脸色，道，"他应该不太喜欢吧……"

然而季宁已经抱着大白猫往自己房间跑了，边跑边说："小白，我们来玩扔球游戏。"

季宁有只漂亮的小皮球，是季明轩送他的，他特别喜欢，这会儿就献宝似的拿出来，往角落里一扔，喊道："小白，快去捡吧！"

大白猫姿态优雅地蹲坐在地上，懒洋洋地甩了甩尾巴。

"哎，"季宁挠了挠头，说，"那我去捡吧。"

说完就颠颠地跑过去捡球了。

沈默瞧得好笑，就由得他们去玩了。到了吃午饭的时候，才将季宁叫出房间。

季宁抱着大白猫问："叔叔，小白中午吃什么？"

"唔……"

这也是沈默烦恼的事。最后他煮了点面条，装在小碗里给大白猫吃。

大白猫一脸嫌弃的表情，仿佛随时会踢翻面前的小碗，不过最终还是很给面子地吃了几口。

吃过午饭后，大白猫又溜进了书房里。但它刚跳上电脑桌，季宁就抱着一本绘本跟了进来。

"这是昨天叔叔送我的生日礼物，本来想今天跟爸爸一起看的，可惜……"季宁朝大白猫招了招手，问，"小白，你陪我一起看好不好？"

"喵呜——"

大白猫看了看桌上的电脑，又看了看可怜兮兮的季宁，终于还是跳下电脑桌，步履轻盈地朝季宁走过去。

季宁顿时喜笑颜开，在窗台边找个位置坐下来，翻开沈默送他的绘本。大白猫轻轻一跃，跳上季宁的膝头，在他腿上躺了下来。

季宁也不嫌重，搂着它继续翻书。

"很久很久以前，有一个牧羊少年……"

"喵。"

“哎呀，我忘记这个字怎么念了。”

“喵！”

“好吧，我先记下来，等爸爸回来再问他。”

“喵喵。”

一人一猫语言不通，竟也交流得像模像样。

沈默在门外看见了，便没有进去打扰，只是轻轻带上了房门。

大白猫陪着季宁看了一下午的绘本，晚上又玩了一场捉迷藏，直到季宁困得直打哈欠了，才依依不舍地上床睡觉。

沈默和大白猫一块儿守在床边，哄着他睡觉。待季宁睡着后，沈默小声问：“季先生今天一天都没工作，没有关系吗？”

大白猫没有应声，仅是咬住被子的一角，尽力往上扯了扯，替季宁掖好被子。

沈默不禁看笑了，忍不住道：“不知道季先生明天能不能变回来？万一变不回来了怎么办？”

“喵呜——”

大白猫狠狠瞪他一眼。

沈默连忙道：“我说错了，肯定能变回来！”

“哼！”

大白猫甩一下尾巴，骄矜地扬了扬头。然后它蜷成一团，在季宁身边躺了下来。

这是打算陪季宁一起睡了。

沈默弯了弯嘴角，撸一把大白猫柔软的皮毛，顺手关掉了墙上的壁灯。

晚安，猫先生。

番外十一 和好

“卡嚓。”

杨月把刚拍下来的一张照片发送给了沈默，并配上一行文字：逛街偶遇“老板娘”，似乎在陪美女购物哦。

照片上是一辆豪车，一个身段窈窕的女子正从车上下来，虽然只拍到一个背影，但光看那一身时髦的打扮，就知道肯定是个美女了。

等了大概五分钟，沈默才回过来一条信息：说过多少遍了，没有什么老板娘。

杨月喝一口手中的奶茶，不禁暗暗好笑。

沈默是她工作的画室的老板，脾气好、相貌佳，唯一的缺点是三十几岁了还没找着对象，连杨月这个打工的都替他着急。前年春节的时候，沈默一个人去国外旅游了一趟，结果回来就说要赚钱养娃，着实把杨月吓了一跳。

后来杨月费尽心思套话，才得知沈默在国外遇上了一个大美人，离异单身还带个娃，沈默跟对方一见钟情，立刻准备赚钱养家当后爸了。

这简直就是电影里才有的浪漫情节！

爱看言情剧的杨月立刻脑补了一出狗血大戏，迫不及待地想见见未来的“老板娘”。谁知她后来见着真人，惊讶得差点掉下巴。

嗯，确实是美人没错，不过呢，是盘靓条顺的大帅哥，要不是已经有男朋友了，杨月差点儿就扑上去了。

经沈默介绍，杨月才知道这位季先生独自带着一个三岁的孩子。孩子的母亲早已过世，沈默跟那位女性也相识，因为种种复杂的原因，就决定跟季先生一起照顾孩子了。

虽然没有想象中的狗血大戏，不过有个帅哥养眼也不错，这以后杨月就跟着沈默喊季先生了，只偶尔调侃沈默的时候会提到“老板娘”三个字。

这一回也是逛街偶遇季先生，杨月就跟沈默开了个玩笑。她没把这事放在心上，开开心心地过完周末，等到周一去上班的时候，发现沈默早就在画室里了。

“老板？你今天怎么来得这么早？我记得你家住锦绣山庄那边，开车过来应该很堵吧。”

“嗯，”沈默脸色有点差，像是没睡好的样子，“我昨晚没回去。”

“啊？为什么？”

沈默含糊道：“活比较多，怕来不及做。”

“是上次那个唐老板订的画吗？虽然时间比较赶，但用不着连夜干活吧。”

沈默没有解释，仅是摆了摆手道：“快工作吧。”

杨月嘴上虽然没说什么，心中却暗自惊讶。真是奇了怪了，他家老板可是新好男人一枚，怎么会突然夜不归宿？

不过更奇怪的还在后面，中午休息的时候，有一辆眼熟的汽车停在了画室门口，从车上下来一个人，径直走了进来。

“季先生？”

季先生很少这个时间来画室，杨月忙迎了上去，道：“老板昨晚没睡好，现在在里面休息呢，我去叫他吧。”

“不用了，”季明轩朝杨月笑一笑，道，“我是来找你的。”

“我？”

“杨小姐有没有空一起喝杯咖啡？”

“当然有！”

杨月这一刻早把男朋友抛在了脑后，就算没空也得挤出空来。

画室对面正好有家咖啡店，季明轩就请杨月过去坐了一会儿。两人各点了一杯咖啡，寒暄过几句之后，季明轩直入主题，开始打听起沈默的事来。美色当前，杨月当然是知无不言、言无不尽了。

“老板最近的情况？没什么特别的事啊。”

“他身体很好，没见他去过医院。”

“工作上的挫折？绝对没有。”

“画室生意生意好得很，不会周转不灵。”

“女朋友？没有没有，老板每天下了班就回家，哪有时间交女朋友。”

杨月跟季明轩讨论了半天，依然没找到沈默夜不归宿的原因，她想起自己周末发的那张照片，便也顺便提了一句。

季明轩听后一怔，问：“什么照片？”

杨月把手机里那张照片翻了出来，有些忐忑地问：“我只拍了个背影，应该不算侵犯隐私吧？”

季明轩面色沉沉，若有所思地盯着那张照片看了一会儿，然后将手机还给杨月，道：“没事，我大概知道是怎么回事了。”

杨月问：“怎么回事？”

季明轩没有答她，只是说：“耽误了杨小姐不少时间，我送你回去吧。”

杨月一头雾水，但还是没忍住八卦之心，追问道：“季先生，那个大美女是不是你女朋友？”

“不是，”季明轩嘴角微扬，说，“确实是我的车，不过那天正好把车借给朋友了。”

“啊，那就是我弄错了。”

季明轩轻轻“嗯”了一声。

这一声应当是没什么情绪的，但杨月莫名觉得，季先生似乎心情不错？

到了傍晚下班的时候，季明轩又过来了一趟，不过这次把他儿子季宁也带上了。沈默依然把自己锁在休息室里，应该是在埋头工作，季明轩推了季宁一把，说："去敲门吧。"

季宁回过头，伸出三根手指道："三个玩具。"

"一个。"

"那就两个。"

"行，成交。"

季宁顿时露出笑容，敲了敲门，用撒娇的语气喊："叔叔，是我。"

"小宁？"沈默听见季宁的声音，果然就开了门，"你怎么来了？"

季宁不管不顾，一头扑进了沈默怀里，抱着他的腰不放。季明轩趁势上前一步，也挤进了那扇门里。

"季先生……"

沈默只来得及叫了一声，那扇门就"砰"一声关上了。

过了一会儿，门又开了一条缝，小小的季宁被拎了出来。紧接着屋内响起画架倒地的声音，随后就又没动静了。

杨月看得一愣一愣的，问季宁道："怎么回事？"

"吵架啦，刚打了一架。"

"然后呢？"

季宁眨巴着一双大眼睛望住杨月。

杨月立刻会意，塞了一块巧克力给他。

季宁把巧克力丢进嘴里，用一种过来人的口吻说："然后就……和好了呗。"

番外十二 野心

梁云生第一次见到赵奕，是他应邀担任某场歌唱比赛的嘉宾。

彼时那场惨烈的车祸已经过去三年，他的右腿经过复健，已能拄着拐杖走路了。他一个朋友是这场比赛的投资人，非要请他来撑撑场面，梁云生欠着对方一个人情，只好出来走了走过场。

赵奕是这场比赛的参赛选手之一。参加比赛的都是年轻鲜活的少年少女，有脸孔特别漂亮的，也有嗓音特别独特的，赵奕绝非其中最出色的那一个。他相貌固然好看，但歌唱得普普通通，梁云生只听过一次，已知他没有这方面的天赋。

但是他对他印象深刻。

都是十八九岁的年轻人，一头扎进这个圈子里，多数人眼中还带着点天真劲。而赵奕不同，分明这么年轻，已像是经历过风风雨雨，他落落大方的站在台上，眼中有种势在必得的野心。

有次梁云生由休息室出来，就见赵奕堵在门口，笑一笑说："梁老师，我是你的歌迷。"

梁云生客气地点头。

这句话他听得太多。三年之前，梁云生这个名字红透半边天时，每天有多少人这么对他说。而那一场车祸夺走了一切。

赵奕又说："我很喜欢梁老师写的歌。"

梁云生礼貌地回了句谢谢。

"梁老师觉得我能赢这场比赛吗？"

梁云生失笑。年轻就是好，无所顾忌，连说话也这么直接。

他便也直接道："你不适合唱歌。"

"我知道，"赵奕语气轻快，一点没有被打击到的样子，说，"可是我想唱梁老师写的歌。"

"那真可惜。"梁云生道，"我早已不再写歌了。"

他说完绕过赵奕走过去，拐杖敲在地上，发出"笃笃笃"的沉闷声响。

后来决赛时赵奕果然唱了他的歌。是十年前的老歌了，梁云生写这首歌时，差不多也是赵奕这个年纪。

赵奕的嗓音条件不行，情绪也不够到位，比赛结果如梁云生所料，他连前五也没进。这比赛是在电视上直播的，但同类型的节目竞争激烈，所以虽然宣传的轰轰烈烈，最后除了第一名有点水花之外，其他人都默默无闻了。

比赛结束后两个月，梁云生那位好友登门造访，请他为某个人写一首歌。

"虽然是个新人，但是很有潜质。"

梁云生笑笑，说："你知道的，我不会再写歌了。"

"为什么？都已经过去三年了，难道你还想着……"

好友说到一半就停下了。

梁云生正在沏茶，拿着茶壶的手颤了颤，溅出来一点茶水。

三年的那场车祸不仅让他的右腿受伤，也夺走了他心爱的人。他只要一闭上眼睛，就想起那夜迎面而来的卡车，他虽然立刻打了方向盘，但还是迟了。

梁云生饮下杯中的茶水，婉拒了好友的请求。

好友悻悻然地走了，没多久就另外找人操刀，打造了一首单曲给那个新人唱。

梁云生是在车上的广播里听到那首歌的，是多年前流行的那种老式情歌，有点模仿他当年的风格，唱歌的人是赵奕。他的嗓音还是平平，虽然唱得认真，但没有那种打动人心的特质。

梁云生听后只是一笑。

这首歌没能激起什么水花，在广播里播了几次之后，就渐渐听不到了。

一年后梁云生再次见到赵奕，是在电视机的屏幕上。他在一部古装剧里演配角，长剑皎皎、白衣翩翩，很有点容颜如玉的味道。

幕后捧他的人当然已经换过了。

梁云生的那位好友跟他好聚好散，再提起时也皆是夸奖："识大体、懂进退，知道什么时候该笑，什么时候该哭。最要紧的是清楚自己要的是什么，为达目的什么都能豁出去。"

梁云生竟听不出这话是褒是贬。

两人聊到赵奕的时候，电视上正演着他的剧。他演剧里的男三号，是一个年轻少侠，可惜遭奸人陷害，又被女主误会，命运颇为坎坷。电视里演到女主误以为他跟恶人勾结，重重甩了他一巴掌，他未有辩解，只稍稍偏过头去，隔了两三秒钟，方有眼泪顺着一边脸颊淌下来。

这可比他唱得情歌动人多了。

梁云生那位好友看着电视上的如玉面孔，忽然问："你家中有没有酒？"

梁云生已戒酒多年了，幸得家中还有一支红酒，就开了来让好友喝个痛快，他自己则仍是饮茶。

喝到一半的时候，好友没头没尾地问一句："他将来是不是必定会红？"

"当然，"梁云生回忆起赵奕那一双眼睛，道，"他是个有野心的人。"

梁云生说这句话时，没想到日后还有机会遇见赵奕。他这些年深居简出，过着与世隔绝的生活，但总有朋友看不惯他这样消沉，非要拉他去赴饭局。梁云生盛情难却，只好去应酬一番。饭局上来的都是他昔年的挚交好友，多年不见，大家各有成就，唯有他原地踏步，时间仿佛还停留在车祸之前。

酒过三巡之后，大家说话也变得随意起来，亦有人劝他振作起来，或者重拾事业，或者开始新的恋情。梁云生手里握着茶杯，只是疏离地道谢。

这时隔壁忽然传来一声脆响，像是杯盘落地的声音，接着又断断续续地响起吵闹声，也不知是不是有人喝多了，竟然在酒店里闹起来。

众人都喝得差不多了，又被这吵闹声扫了兴致，干脆就散场了。

梁云生走在最后面，路过隔壁包厢时，见吵架的人也已经散了，服务生进进出出的打扫摔碎的碗碟，透过半掩的房门，他瞥见熟悉的一张脸。

梁云生的脚步顿了顿。

而里面的人也已看见他，脸上露出一个笑容，叫他道："梁老师。"

梁云生想装作没看见也来不及了。

赵奕的样子十分狼狈。他身上的衣服都湿透了，连发梢都在往下滴着水，白衬衫上也染了大片污渍，但他的风度仍是绝佳，面含微笑的坐在那里，像是穿着正装赴一场盛宴。

这时赵奕已从配角一路演到主角，电视上天天在播他主演的剧，听说再过不久还有电影要拍，有人说他是运道好，但梁云生猜得到他付出了多少艰辛。

他走进包厢里，出于礼貌问一句："可要我送你回家？"

赵奕笑说不用，却指了指桌上酒杯，道："梁老师陪我喝一杯吧。"

梁云生道："我不喝酒。"

"那就喝茶。"

说着叫服务生上了壶茶。琥珀色的液体注进红酒杯里，赵奕与他碰了碰杯，而后将杯中的茶水一饮而尽。

他说喝一杯，就真的只喝了这一杯，喝完后对梁云生比个手势，道："不好意思，耽误梁老师的时间了。"

梁云生问："你还不走？"

“等助理送衣服过来。”

这时候正是初春，天气还有点凉，湿透的衬衫紧贴在赵奕身上，薄得看得见下面的肌肤。

梁云生想了想，脱下外套递给他，说：“先穿着吧。”

赵奕愣了一瞬，随后连眼睛里也漫出笑意，十分自然地将外套穿在了身上。

梁云生想，如果这是演技，那他的演技实在太好。不过他没再多说什么，拄着拐杖先走了。

几天后梁云生接到一个陌生的电话，是赵奕打过来的。他先是感谢梁云生那天晚上陪他喝酒，接着又说要还那件西装外套。

梁云生觉得一件外套而已，没必要这么麻烦，但想到赵奕辗转打听到他的电话也不容易，就勉为其难地让他上门了。

赵奕隔天下午就来拜访，进到屋里一看，倒是怔了一怔，说：“梁老师家里打扫得真是干净。”

梁云生只是笑笑。

人人以为他过着颓废生活，要么醉生梦死，要么日夜颠倒，其实他每日作息规律，闲时泡茶养花，露台上摆满了各色花草。

赵奕笑言：“好像提前进入了退休生活。”

“那也没什么不好。”

“梁老师的歌迷却要失望了。”赵奕喝一口梁云生沏的茶，道，“梁老师没有复出的打算吗？就算不再写歌了，也还可以唱歌。”

梁云生没做声。

赵奕接着道：“我过两个月有一部电影要拍，主题曲还没有定，不知道梁老师有没有兴趣？”

听说这电影赵奕也有参与投资，看来是真的了。不过梁云生自然没有兴趣，刚想开口拒绝，赵奕就说：“梁老师可以慢慢考虑一下，不必急着答复我。”

他说完取出手机打了个电话，梁云生的手机刚好放在桌上，很快就响了起来。

赵奕扫了一眼，笑说：“梁老师果然没存我的号码。”

然后不等梁云生发话，拿过他的手机存上了自己的号码。

这时距他俩第一次见面已过去许多年，赵奕仍像当年那样，朝梁云生笑了一笑，说：“希望我有机会跟梁老师合作。”